如何拍攝靜止的閃電

陳榕笙　著

如何拍攝靜止的閃電——目次

作品裡的記憶顯影（自序） 5

如何拍攝靜止的閃電 9

無風 27

尋常的週末 45

傳家之寶 63

上山 85

NANA 97

黃道吉日 113
消失的樂園 139
WASD 173

作品裡的記憶顯影（自序）

——寫作、以及自我追尋

這是我第二本短篇小說集，收錄了遠從一開始寫作時的得獎作品，以及近期發表的短篇小說；各篇之間的寫作年代跨幅不小，一開始想要集結出書時，有點猶豫：有些小說現在讀起來，寫作手法實在有點「老派」啊！

或許我本來就是此等文筆，寫了多年還是遲鈍；那也許無法扭轉了，勉強在人前嘴硬這就是風格。

但因為寫作這件事在人生中橫亙太久，成長階段的起伏與際遇已無可避免地投影在自己的作品當中：從我還是一個叛逆又不相信別人的少年開始，一路寫來出社會仍然憤世嫉俗的我、到了思考家族朋友種種人生際遇的年紀後，偶爾想起片段難以回顧的戀愛史（是有點濫情我自己承認）、一直寫著、寫著……直到現在已經結婚生子的我，重讀這些年來的小說作品，就像扳著聚光燈逼供自己似的，是有點難堪、有點莞薾；想到這些作品又要被重新讀到，像是在睡不著的夜裡想起一輩子少數經典的出糗時刻，忍不住會躺在床上失聲哀嘆。

可是，也有意義上相當正向的拾獲：在整理小說集的過程當中，我彷彿找到了一直以來不斷追尋的自我，那寫作當下的渴望與念想，在當時是如何激動如何衝擊……現在的我，思想上已經是流速平緩的河，一路挾帶了太多雜質與泥沙，看到自己以前的作品，就像清澈又暢快地奔流著的上游小溪，曾經那麼無拘無束地愛恨自如，我就很慶幸：從來沒有想過離開文學。

沒有放下過的那些，如同被攝相似的，顯影在文字裡。我想說的其實是：人心複雜的思惟運行，電光火石的剎那情感，像難以捕捉的閃電一樣劃過天際，這就是小說靈感誕生與結束的一瞬吧？捕捉故事當中永恆的人性衝突。但是一旦寫下來了，閃電靜止了，故事就死了，寫小說的人只好等待，等待下次人生中的壞天氣，雷聲隆隆的時機。

渾然不知的是：我以為創作所探究的人性，指涉他人；實際上敘事者說故事的過程中，往往洩露了自己的隱私。那有什麼關係呢？我還是渴望能夠被閱讀，希望自己所身處的時代，所見證的故事與感情，能夠透過文字翻印，被讀者看見。如同我們總在哪裡尋找著生命中光燦明亮卻又美得不真實的場景一樣，把我這幾年來的敘事，集結成這本小說集，是我誠實面對自己創作與生活的必要過程。

陳榕笙

於二〇一五年十一月

如何拍攝靜止的閃電

「首先，我們要先解決器材的問題……」S在會議一開始就擺出主導者的姿態，眼神閃著自信的光彩，語調平緩而有力，現在想起來，這正是一切災禍的開始。

畢業製作分組時，我就警告過你，不要單憑個人情感來選組；你沒把我的話聽進去，死盯著蹲在地上綁鞋帶的S低腰牛仔褲頭露出的股溝，顯然同性的忠告往往都是耳邊風。

當然S的魅力無庸置疑：當了兩年電影社的社長，策劃過校內幾次轟動的影展，她早已是系上的風雲人物；S並不屬於穿著打扮時尚又儀態嬌豔的那型，相反的，纖細身材的她總是一貫緊身黑T恤深色牛仔褲，特別細的深褐色長髮綁成一束陽光微風穿透無礙的馬尾，帶著冷漠傲然的臉上，似乎天生的好膚質從來沒有化過妝，五官不特別漂亮但有一股脫俗的氣質，總能吸引別系的男生大老遠跑來看她一眼。

她的傳聞比外型還要出名，就像是宇宙中難以偵測的黑洞，擁有巨大引力，使得周遭的時空都以S強大的重力為中心而彎曲凹陷。你當然也是無可避免在那膜狀宇宙繞著軌道向中心滾去的一顆小行星，一旦被吞噬，就毫無逃生的機會。

因此當分組的時刻到來，你終於鼓起勇氣去向S詢問同組的可能；在那之前，S連正眼也沒有瞧過你一眼，你就像速食店兒童餐附贈的廉價玩具，世俗、安全而且構造簡單，裡面僅有小小的迴力機構或是發條裝置，比起S那種複雜無比的超凡心智，你們層次與程度實在相差懸殊。

你不懂攝影、軟體也差、就連寫篇文章都錯字連篇；我唯一能解釋S讓你同組的原因，除了你有車，家裡又有錢之外沒有別的。

拍攝影片雖然可以向學校借器材，但要拍出有水準的傑作，還是有許多必然的開銷，因此你在交通或資金上可以幫忙。S很清楚你對她懷有好感，像那樣的風雲人物可以很輕易地辨別平凡者的傾慕，或是潛在的利用價值；她透過你邀我入組，當然不是因為我們交情好，而是看中我後製剪輯得過幾個學生獎項的緣故。

我對S沒有什麼好感，因為我本來就不喜歡鋒頭太健的人；雖然如此我還是答應加入這個畢製組；我很清楚S是有才華的女孩，熟知影史發展與各類電影表現手法，是全系教授寄予厚望的明日女性導演，能跟她合作是難得的機會，我很好奇：

一起念電影四年了，我們這樣的組合能夠拍出多麼與眾不同的作品。

同組的同學T，是系上有名的蕾絲邊，一頭朝天短髮染成赭褐色，小眼雀斑國字臉的不協調外貌，成為女同志似乎省事又自我感覺特別許多；並不是我以貌取人，特立獨行的怪咖是我敬而遠之的對象，但她又偏偏是編劇課中成績最好的同學，擅長揣摩小人物的心境，每次讀她的劇本我都有泫然欲泣的感動，聽說T還身兼小劇場演員，也出版過兩本獨立發行的詩集，在某個小圈圈裡享有崇高的地位；像這樣匹配的對應關聯與特立獨行的特質，讓S和T經常出雙入對，上學期她們常常在學校外面的摩斯漢堡親暱擁吻，在學生閒語間很快傳開：T穿著垮褲，露出男用四角褲的花褲頭，S小鳥依人地躺在那上面，她們互相把手伸進對方的衣服底下，這些傳聞讓一年級的大學新生對她們崇拜得要死。

我對同性戀其實沒有偏見，但這樣不顧旁人眼光摸來摸去，讓我很看不慣；雖然在學校可以盡量離她們遠一點，沒想到畢業製作還是成了同組組員；我欣賞的朋友類型，是像你這樣為人爽朗又直率、好相處的大男孩；如果不是因為跟你大一開始就同寢室，一直有種患難兄弟的義氣，我也不會自找麻煩和她們同組，就算再有才華都一樣。

幾次的畢製會議，終於讓你回家跟父母請了大筆款項；本來畢業後打算賣掉換新的中古車，現在只能繼續延役了。至少你開心如願，每次開會時總是陶醉於S調度指揮的風采：她的確具有某些成功導演的特質——敏銳、表達精確而且要求完美，為了一個畫面可以反覆討論整個下午，絕不輕易妥協。

在我們的畢製影片中，有一幕極有技術挑戰性的畫面：在某條河流出海口的荒涼溼地，鏡頭朝向一望無際的灰色調海面，烏雲密布的天空，一道閃電劃過天際……這簡直是可遇不可求的影像！身為小組中負責攝影剪輯的我馬上抗議，這一幕何其困難？要先踏破鐵鞋去勘景，鐵定是人跡罕至的野外，所以要搭掩蔽物，視野要好、沒有太多人造物，還必須預先知道雷雨雲的方位，不能太近否則拍不到東西，也不能離太遠不然對不到焦；空氣不能汙濁不能有光害；還要有預知氣候的超能力，梅雨季節或是夏天雷雨胞成形才有可能，最好是颱風外圍高壓迫近，但若下起暴雨又沒辦法拍攝、毛毛小雨則不會有雷擊；就定位之後，還要調整機器的光圈焦距，可能要用長時間反覆的拍攝才能得到足夠篩選剪輯的片段；我向她們坦承：要拍出這樣的景，幾乎不可能！

儘管如此，S和T卻不願退讓，一個堅持非得要這個畫面才能呈現出電影的深度，另一個幫腔說這個畫面是影片中人物重要的心境與詩意上的隱喻……我突然被當成只咬住技術問題發脾氣的無知攝影師，什麼 sense 都沒有只想要輕鬆混畢業……最令我不爽的，是你這個有異性沒人性的傢伙竟然軟綿綿地貼上她們那邊，還說拍出這個景才能顯現出我們的厲害！

六月底的某一個下午，我們開車到了曾文溪出海口的海堤旁，無比幸運地找到了一處廢棄的碉堡：除卻要先清運滿坑的垃圾、清完還有一股濃濃的霉味與無數的蚊子之外，倒也還是個遮蔽海風，又能朝向出海口安全架設望遠鏡頭的地方。

架完了攝影機，黑雲已經壓得快到頭頂了，但無論等多久，就是沒有打雷的聲音，你自顧自地巴著S不放，從你口中吐出的無聊話語讓每個人都在背對你時猛翻白眼，我不停翻著分鏡表，盤算著後面還有多少場景要拍，心裡想像著一拳打在你臉上的愉快感覺。

第一天的守候就這樣過去了。

第二天的守候就這樣過去了。

到第一個禮拜結束時，我提議用電腦動畫：班上有一個動畫組的同學，特效軟體揮灑自如，我們只要拍好陰天出海口的景，回去請他幫忙加上閃電就好了！要多亮多閃什麼形狀都可以，還可以炸飛海上的漁船哩！你高興得大叫太棒了怎麼不早講？完全忘了當初附議要實地拍攝這一幕的人是你……S和T互看一眼，冷冷地堅持一定要拍到真實的閃電。

我早就知道答案了，所以也不意外；重點不是呈現怎樣的閃電，而是自視甚高的傢伙總認為沒有嘗到苦頭稱不上為藝術犧牲。你垂頭喪氣的樣子像條海堤上的流浪狗，更加堅定了她們的信念。

在等待的時間裡，我通常都拿張童軍椅守在器材旁，除了在出現打雷徵兆時可以第一時間搶拍之外，令我吃驚的是：除了我之外沒有人會操作學校這部 3CCD 的商業攝影機！我們讀了四年的電影系，這台機器也出借過無數次，竟然連你都不知道要怎麼調整畫面色調峰值；所以我只好像個孤獨的狙擊手一樣，守著攝影機等待；並且幫心不在焉的你重溫大二的攝影器材操作實務；S與T一點都沒有顯露出想學的意願，一不留神兩人就不知道手牽手消失到哪裡「勘景」散步去了，我深深覺得在這個小組中，被指責想以電腦動畫完成作品的我才是唯一不偷懶的傢伙。

一次我們守候到深夜，你趴在器材箱上睡得像田裡的瓜，T回家趕赴令我們百思不得其解的門禁，原來像她這樣特立獨行的女同性戀竟然也有必須遵守的家規；幽暗的碉堡中，買啤酒送的LED野營燈獨撐場面，偶爾我和S會零零落落地交換後製意見，我們心裡都知道對方基於某些原因防著自己，換成你能理解的說法，就是不對盤。

現在想起來，我們四個人都不對盤。

S說她畢業後想繼續拍電影，她說不能忍受人只能照著既定的路去走……從小S就熱愛藝術電影，特別是影展中人性無比扭曲的那一類；我知道你最愛看的電影，片頭一開始的五分鐘通常會有三萬發以上的子彈亂竄，重金屬搖滾的配樂讓你熱血奔騰，連片頭字幕都還沒跑完就死了數十人；就興趣這方面而言，你和S根本也不對盤。

畢業後你想要進入電視台當記者，就算從基層的技術人員開始也沒關係，我很害怕你錯字奇多的國文能力，跑馬燈的字幕總有一天會讓人完全看不懂；除了緊咬不放的劣根性之外，我實在找不出你有任何當記者的潛質。

T痛恨這個社會以及社會以外的一切，每天都覺得自己的性向被社會壓抑與迫害，因此除了S之外，她幾乎不跟我們講話，但偏偏S常常以最直接的諷刺來處罰或虐待她；當T說她畢業後想繼續在小劇場中當編劇時，S臉上露出的鄙夷之色，像是某種化學作用在她們兩人的表面之下激烈地產生反應；S和T這樣不完全擬態的假性戀愛，是我和她們不對盤的主因，也因此我竟能在這個小組中保持清醒，看著你拚命討好S，當司機當雜工當印鈔機，還樂此不疲。

守候雷雨將至的夏夜，我們繼續喝著早已不冰的啤酒；S在幽暗的碉堡中問我，將來畢業後想做什麼。我苦笑了一下，若說是想去廣告公司上班應該也會被輕視，於是隨口編出因為生性懶散慣了，如果可以，我想去當臨時演員，而且只演屍體，各式各樣的屍體：沙場賭場命案現場，解剖檯下水道或埋在地底下的棺材，只要是一動也不動地躺著，什麼都不用做，要被畫上多恐怖的特效妝都無所謂，還可以順便補眠……搞不好我能在屍體的臨演界闖出名聲，哈哈。

S的眼眸在黑闇中爍著光，她被逗笑的時候比較好看。

聊著聊著我們又回到了心中渴望拍攝的電影場景，S的腦中，就像唯美畫面的生產線，能夠源源不絕地創作出一個接著一個的動人畫面；我們聊到電影的大哉問，她說電影就是人生的解答，需要用一輩子來追尋……可惜你睡著了，否則你要是看到她認真的神態，說不定立刻就感動落淚！因為連我也不得不有點佩服S，有些人天生就具有某些特質，也許你就是喜歡S這種特質。

夜漸漸深沉，外面天空突然傳來石轆轤滾動般的低頻震動，我和S跑出碉堡，雷雨一滴一滴像是機關槍掃落下；我和S像是非洲草原上突臨雨訊的久旱動物，驚愕著一動也不動地以身接雨，越過海堤吹來微微鹹熱的海風；走離碉堡透出的光暈，黝闇中我們互望一眼，突然之間毫無預警地兩人就像磁鐵一樣擁吻；天空中閃著雷，彈珠般的雨滴打在身上有點痲癢，而你在碉堡中熟睡。

由於不能讓你醒來後，發現我和S遍體淋溼；我先開你的車載S回去；一路上車內異常沉默，淋溼的衣服貼住肌膚，體溫蒸散青春的氣息溢滿狹窄的車廂空間：從沒想過S身上的味道會令我腦袋發癢，我竟感到一種該死的興奮與悲愴；到了她租屋的樓下，S緩慢地選擇用詞，連我都感覺到她心念流轉激起的波紋，混著她緊身的黑色T恤散發出如同幻想中黑玫瑰的香氣，S開口問：要不要上來，擦乾頭髮再走？

我笨拙地吞了一大口空氣：不用了……喉嚨乾得就像久旱的峽谷，從那中間通過的氣流拼湊的語言，有如邪靈附身的發聲。

「怕那傢伙醒來找不到人，我先回去了，說不定今晚雷雨雲往出海口飄，就能拍到你要的閃電了。」

事實上那天當然也沒拍到畫面，我回到碉堡時，雨已經停了，我把熟睡中的你叫醒，你一邊抱怨著蚊子的凶猛，一邊埋怨著兩個女生都不夠意思……我收拾器材和你一起回去，一路上虛偽地應著無聊的話題。

你別問我這事情怎麼發生的，那只是沒被鏡頭捕捉到的一道閃電。

從那天開始，我和S更是相敬如賓；我常常藉故要趕後製進度，躲在學校的剪輯室裡不參加例行討論，你和S、T倒也樂得趁著連續晴朗的天氣四處勘景；大部分的影像都已經拍完了，所以只是找個理由趁畢業之前好好玩耍而已。

某天你把行車紀錄器拍到的車禍畫面傳到了電視台，居然被拿來製播成新聞橋段，還拿到了影像授權費兩千塊，還有一張社會線組長給你的名片！你彷彿通過了面試般開心，大聲嚷嚷著說要請大家吃飯；我原本想躲，但實在拗不過你才勉為其難來了，雖然我知道我心裡也期待著，能再見到S。

到了海產店，幾杯啤酒下肚，T察覺出我和S的目光，在空氣中旋轉追尋與閃躲，一張臉垮了下來，眼睛瞇成一條縫，開始藉酒意大爆S的情史。

畢聯會主席的怪癖、被甩後轉到北科大的學弟、在S家樓下大哭鬧自殺的台文系男生、電影社唯一的波蘭籍交換學生、總是遠遠守在榕樹下哲學系的怪咖……這些彷彿實境秀般的緋聞鬧劇其實班上同學早就目擊多次或耳聞已久，也是我以往提防著S的原因，但是在T的刻意渲染之下，卻像是酒精催化，交替刺激著我們的神經。

可以看出你漲紅著臉卻又不敢作聲，聽著酒醉的T數落S的風流韻事；S則是眼神空洞，對於那些尖酸諷刺與詆毀一句不回，只是默默地抽菸喝酒，偶爾定睛探詢我的反應；我多麼想從這個可笑的場景中抽離，回到安靜、乾燥又冷到骨子裡的剪輯室……此時，S砰一聲站起來，落雷般甩了T一個耳光，海產店裡酒促小姐嚇得踢倒了地上的空啤酒瓶，S抓住我的手轉頭就要離開，我只來得及對你拋一句：「我先送她回去這裡交給你……」後面傳來男性化的T嚎啕大哭的聲音竟然如此淒厲尖銳，令我想起孩提時隔壁愛哭的小女孩。

你一直到最後都沒有弄懂，這場翻臉的前因後果。

你以為有了行車紀錄器，就能當記者；雖然現在的新聞，全都充斥這類的畫面，但有些事情你一定不會明白：再怎麼厲害的行車紀錄器，也拍不出一道閃電劃過昏暗灰樸的出海口，那種淒美。

大概是年輕吧？S以為分手不過就是一些悲愴唯美的電影鏡頭與抒情配樂，但是分手是會留下傷痕的——被她甩了的男孩子們，眼神黯淡地在校園中遠遠避開她的樣子，我經常看到。

但是那天晚上我還是跟S上了床。

我愛S的決絕，無可避免地被她心中毀棄一切的傾向所吸引。黑洞也好、黑玫瑰也好、黑寡婦也好……我完全可以理解你不自量力的衝動；如果我沒有和她同組拍攝畢業製作，或許還不會受那內在藝術感性與天分的感動；如果下起雷雨那天你沒有在器材箱上熟睡，或許我和S就能清醒地忍受你的冷笑話與溫啤酒；如果沒有那場帶有野性氣息的暴雨，就不會在回程路上蒸散慾望氣息時深深中毒；我知道現在說這些都於事無補，我違反了和你四年來的友誼與不成文的男性公約，和你想追的女孩發生關係。

那是靈感，稍縱即逝……

那是高潮，射精的一瞬間就像腦海中的落雷！

那是死亡，快得來不及按下快門。

要拍攝一道完美的閃電，你必須先認清它致命的本質。

過了幾天，畢業成果發表限期前的最後一次小組會議，我們終究還是沒有拍攝到S想要的畫面。

令人意外的，T一副沒事的樣子來開會，帶著她自己跑去拜託動畫組同學幫忙製作的閃電片段；S看了之後，默默接受，兩個女生握緊彼此雙手，像是不曾反目一般。

你什麼都好，但我卻覺得：之前苦苦的碉堡守候，就像被耍著玩。

我們把畢業製作的影片從頭播放了一遍，每個人都對我的剪接手法讚不絕口，你特別激動地拍著我的肩膀，用你一貫的開朗直爽，直呼兄弟真有你的啊！當初找你加入真是找對人了！

我看著電影，突然覺得這部超越學生製作水準的作品，簡直是幼稚造作、無病呻吟又極度缺乏某種自知到了極點……我心中彷彿積了累累恥辱的烏雲，鬱住了呼吸，在冷得要命的剪輯室裡，我眼前的影片宣告著：這是一段用盡技巧只為取悅觀眾的獨白。

由偽善者發出的獨白。

T在大家最亢奮，而我最冷靜的時刻，轉頭對我和S說：

「怎麼樣？你們真是一對才子才女，什麼時候才要把你們搞在一起的醜事閃光一下啊？」

一道閃電，燒進了靈魂深處。

你不可置信地望著我。

在你還沒來得及反應過來之前，S用力地將手提包砸向T，袋子裡的東西灑了一地；在我臉上挨你一拳之際，我瞥見S慌張地撿起書名彷彿是《公務人員初等國家考試……》的參考書。

人生的答案，就在電影裡。

我在你的怒火中，扮演起一具臨演的屍體。

在我們離開冷得像太平間的剪輯室之後，彼此枯槁慘白如遭雷電炙燒一般。

——本文榮獲二〇一三年打狗鳳邑文學獎短篇小說評審獎

無風

四月天，盤龍大霧，凝鎖竹崎一帶的丘陵地。

採蜜人打早上山，騎著川崎摩托車硬拉油門，闖進了不似人間應有的胭脂香花宮闕，一路清冽晨霧迎面捲來撲鼻香嵐，帶有溼潤的青苔土壤氣息，怒放的龍眼花有股菸草葉味，蓋過了獅頭山上百花的香氣……隱隱聞得到柚花挾著柑橘酸甜香，此味採蜜人最合意，彷彿有種催人返家鑽床入夢的迷幻味兒。採蜜人搖頭晃腦驅趕睡意，路旁茉莉花叢一絲獨特清幽、彷彿聞得到尚未蒸散的夜露，有時候採蜜人會停下車來，順手捻摘數把帶蕊的嫩枝，放在家中神明廳，持久的清香讓人心神安寧；路旁油桐樹上的花苞，預告著緊接著到來的花期……採蜜人拚命聞嗅，心想：連空氣都是甜的，今年龍眼蜜鐵定大收。

年過六十，身形消瘦，微微佝僂的採蜜人，凹陷的雙頰與禿頭白眉使他看起來像是木雕師傅刻鑿出來的餓道僧；跨騎著二十八年的川崎牌武車，嘴叼白長壽，車後貨架綁著幾個五加侖空塑膠筒，離合器一拉一放，緩速度，空隆空隆上山。

眾人說今年真是肖桃花，意思是連花都瘋了，花期大亂，綻開在不合宜的節氣；晚春冷透了枝椏末梢，早夏後腳緊接來糟蹋：從舊年冬末十一月，桃李梅紅白花就開遍滿山坪，花謝了卻結不出果，或是結了果也不生果肉……緊接著一整年，百花輪流瘋，龍眼油桐花期也亂，比往年提早盛開，北迴歸線北，花期拉長了，龍眼果實產量減少，卻意外讓放蜂採蜜的蜂農大豐收。

比往年都暖的四月清晨，上山唯一一條柏油路旁的龍眼樹蔭底，星子般爆開的龍眼花苞，噴出的花粉像金色的雨霧，把山路裏上一層又一層的金黃，飽含著蜜粉的花苞等待了一年終於大爆發，只為招蜂引蝶一親芳澤；山風一吹，晨霧把花蜜渲染得滿地溼，整條上山的柏油路沾染了濃濃的甜味；採蜜人得小心翼翼地操控川崎摩托車的龍頭，才不致轉倒在這蜜油油的蜿蜒山路。

他心想：今年蜂群可興旺了！那數以萬計的鑷子小口、短短毒針的小傢伙們，擁有天公賦予的神祕本領：經牠吞吐揉捏發酵後的蜜，竟遠勝過花苞裡最新鮮的甜液！如同結穗的稻、垂果的樹或泌乳的牛，這些自然養分的加工者竭盡自身的產能，餵養著芸芸眾生……採蜜人想得出神了，他覺得自己也是隻蜂，從這座山頭飛到那座山頭，逐花期設蜂箱：十個箱子總共七十個蜂脾；他期望每片蜂脾提起來，上頭都是飽滿的垂蜜……

採蜜人突然在山路中央緊急煞車，扭掉摩托車鑰匙，引擎熄火。

清早上山，一路胡思亂想得心神出竅，幾乎聽不進任何聲音，但現在他豎起耳朵，仔細傾聽才發現：他根本沒有聽見任何聲音！

整座山頭靜悄悄，只有鳥啼聲清楚可聞。

清晨的紅毛埤山上，沒有半隻蜜蜂。

採蜜人慌了，這是怎麼回事？往年這個時節上山，龍眼花盛開加上眾家蜂農設箱，數千萬頭辛勤的義大利品種採蜜蜂傾巢而出，整座水庫周遭的山頭都聽得到巨大的嗡鳴聲，光是從山腳下經過，都可以感受到震動；別說聽不到枝頭的鳥叫聲，就連機車引擎聲也幾乎會被蓋過去！彷彿身處於發出巨大梵唄的誦經堂，轟然震動的空氣有無數的超高頻音波層疊，那全都是蜂群出動時的鼓動翅膀拍擊。

此刻的山路，等同於靜止的攝相，空寂到令採蜜人毛骨悚然。他發動摩托車劃破寧靜，直衝往十個蜂箱的設置處；回想去年：龍眼花不知為何，泌蜜大減，蜂群等同於經歷了末日般的大饑荒，族群數量銳減，靠著投食糖水補充營養，養蜂人家和蜜蜂一起餓著肚子，勉強活了下來……今年龍眼花開得金光燦爛，泌蜜豐沛得聞都聞得出來，想必能有好收穫了，誰也沒想到會遇上如此詭譎的狀況。

採蜜人受雇上山，逐花期追蜜，蜂農千交代萬交代，要找個好地點，別讓這群蜜蜂餓著了，當時蜂農交託的十個蜂箱裡，至少還都各有著上萬隻健康的工蜂。

十萬火急，採蜜人來到蜂箱前，打開鎖頭抽出蜂脾一看，細瘦的雙腿差點沒癱軟，跪倒在蜂箱前：輕罔罔的蜂脾上，只剩十來隻病懨懨的新生蜂，感覺要是用薰煙器一噴就要死了的樣子；整片蜂巢內，沒有幾個小室封了蜜或產蛹，王台上也是空無一物，蜂后早已不知去向；採蜜人不信，又抽出另一片蜂脾，情況還是一樣，從重量手感就知道，裡頭沒封沒蜜沒蛹也沒有蜂……

檢查完十個蜂箱，採蜜人覺得心都抽空了，彷彿收到遠房親族的噩耗，幾度眼前昏暗，望著穿透龍眼樹葉縫的晨光，不知要怎麼回去交差。

市街鬧區，眾鄉親議論紛紛，蜂群大量消失不是單一事件，北迴歸線北的養蜂人家全都遭遇這個前所未見的謎題：蜜蜂一夕之間人間蒸發，幾乎消失得淨淨俐俐，連死體也無見到；農會的人查不出任何蛛絲馬跡，只採了幾家的病蜂，說是要送檢化驗。蜂農之間互通猜測，捕風捉影，聽說這個奇怪的現象在世界各地都出現，原因眾說紛紜：動物學家推測是傳染病、昆蟲病理學家反論是電磁波、科學家認為是基因缺陷、遺傳學家又出面駁斥說應該是農藥影響、政治人物說我們會盡快查明真相、電視上名嘴卻已經知道真相，順便預言世界末日……唯恐天下不亂般，恫嚇後接 call in，胡亂發洩一番。

採蜜人心想：蜜蜂們也許只是迷了路，或者根本不過是去旅行罷了。

因為無計可施，採蜜人只好這樣安慰自己。他認為既然找不到屍體，那麼蜜蜂們應該沒死，只不過是集體去旅行而已，就像農會或宮廟辦的自強活動一樣：大家一起搭遊覽車去遊山玩水、四界刈香，除此之外就沒了別的解釋：蜜蜂消失？問遍其他養蜂人，從小到大沒人遇過這等怪事。

採蜜人載著五加侖空塑膠筒，一路匡噹響，返去找主家養蜂農，謝絕了老東家執意要貼他這幾天的工錢：「沒汲到蜜不收錢，箱子擺置彼，看過幾天蜂仔甘會自己返來……」

他回到家，摩托車停騎樓下，就直接坐在車子上抽起菸來，連抽了三四根眼都茫了，心頭就像引擎一樣仍在發熱……屋內的阿梅嬸出門探個究竟，怎麼摩托車聲到門口了卻沒看人進門？

聽到蜂群離奇失蹤的消息，就連心寬體胖的阿梅嬸都不禁著急了起來：兩老四處幫忙集蜜採收果物二三十年了，說到觀花況追蜜，整個嘉義誰不知道採蜜人的經驗老道？但論起這怪現象，卻連採蜜人也免不了陷入未知的恐慌：要是少了收龍眼蜜這好工作，全年的收入頓時腰斬；採蜜人娓娓道來，有人打了電話問北部的同業，蜂群消失的情況一樣嚴重，南部雖然情況稍好，但也是數量銳減，看來這怪災是全島皆然，就算翻過八掌溪落去台南放蜂箱，恐怕也不太樂觀。

採蜜人轉述市街上聽來最恐慌的推論：沒有了蜜蜂授粉，只靠蝴蝶果蠅鳥隻的話，柑橘柚子龍眼芒果甚至花田，全都會產量大減，甚至結不出果子來！以後大家鮮花水果都沒得收成了，這些果樹難不成都砍了當柴燒？

沒有迷失的蜂群，那些還留在巢裡的蜜蜂，知不知道同伴們都去了哪裡呢？

採蜜人心想，蜂群若真的消失，可不是採不到蜜而已，山裡面依賴蜜蜂授粉的植物可不只龍眼，接下來會發生的事，就如同他的人生寫照：期待豐收，必然歉收。

期待圓滿必然匱乏。即使只是日求三餐，夜圖一宿。

阿梅嬸唉聲嘆氣進去張羅午食，採蜜人根本沒心思吃飯，但還是進客廳休息；一進門瞥見桌上，放著一張派出所寄來的到案說明通知書，氣急攻心，連聲的幹譙爆得連廚房裡的阿梅嬸趕緊來安撫他。

「這個不孝囝仔……豬狗畜牲，哪會生得這個囝仔這麼沒路用？」採蜜人老臉皺成一團，激動得塌陷的肺部彷彿鼓風箱一樣劇烈起伏，不一會老菸槍的氣管禁不起激烈的過度換氣咳了起來；阿梅嬸拍撫著老伴的背，一邊好聲安慰他別氣了，一邊拿開警局的到案說明通知書，上頭幾個刺眼的字挑起了採蜜人十多年來的恥辱：煙毒案。

義峰是採蜜人的獨子，年近三十八，繼承了父親消瘦的身形，又因長年毒癮，整個人看起來更加接近骷髏形體；若說採蜜人是三義老木雕師傅刻出的餓道僧，義峰大概只能算得上年輕雕刻匠師失敗的仿作——整體而言外型相似，但總是少了一縷精魂；這獨子不願意留在老家，跟著父親一輩子幫人家追蜜採果，大學畢業後就留在都市裡打滾，幾年下來做過直銷房仲保險手機包膜，也不知什麼原因開始吸毒，一碰了就抽不了身，深陷泥淖幾度進出勒戒看守所，卻仍是難以悔悟，重新做人。

意識清醒時是和善內向的孩子，毒癮一上來什麼事都幹得出來：偷電線水溝蓋樓梯止滑條天橋欄杆公墓不鏽鋼鐵門，只要能換錢的東西通通都好，被體內渴毒的唯一念頭揪住了腦門，道德法治親情倫理全都拋到腦後，只求眼前有一兩千塊，換得一個晚上的超脫就好；義峰那種過瘦的丙等體格，去搶超商加油站根本就是自找麻煩，加上膽怯的性格，只能四處偷些小東西換錢，就算被抓到罪刑也不重，輕判關不了多久，又放了出來，毒癮一來，成了家裡翻騰的獸，在老父老母柔軟的心房張牙舞爪。

他不在牢獄時，就是家人的地獄。

幾度衝突後，發現家裡再也沒錢可拿，義峰便離家三天兩頭在外遊蕩，也不知道跑去哪裡、靠著什麼生活……採蜜人幾次跟阿梅嬸大吵，不准她再拿家裡的錢給那個不孝子；妳怎麼會不知輕重好壞？但當媽媽的阿梅嬸總是心腸太軟，不管自己如何節儉度日，總是有辦法偷偷省下一兩千塊，趁採蜜人不在家時塞給義峰，還附上兩罐自家蜂蜜，苦口婆心勸呀勸，也不知道這失了魂的兒聽得懂幾分。

偶爾出現和解的曙光，回家吃一頓晚飯，餐桌上總是緊繃的情緒，彼此多年的齟齬與不滿常常下一秒就爆發開來：採蜜人不是慈祥的父親，多年來四處幫忙農事的艱辛，讓他對兒子期望很高，龍眼總要經歷梅雨篩洗與烈日曝曬才會熟甜，怎知這兒子的天性偏偏就是只能網室培植的草莓，碰撞不得。

義峰像隻離群索居的蜂，既不做工也不採蜜，身上帶著扎向自己的毒針；採蜜人恨鐵不能成鋼，乾脆眼不見為淨，他不回家就不回，去外面餐風露宿，最好死一死算了，別回來毒癮發作時死去活來。

最後一次三人共度的晚餐，那是義峰最後一次勸戒失敗；一個無風夜晚，採蜜人在餐桌上撂下狠話，阿梅嬸就慟哭失聲，哀哭說你真忍心對自己囝仔見死不救？義峰倉皇離家，臨走前還嗆聲：攏是阿爸害我不能好好做人，以後阮置外頭自己生活，厝內一切攏不關阮的事……

採蜜人譙回去：不孝囝！阮死了也不用你來捧斗……

義峰從此離家，沒再踏入家門一步。

「妳給我老實講，這咧不孝囝是躲在叨位？」採蜜人鐵了心，奪回阿梅嬸手上那張到案說明通知書，厲聲逼問義峰的落腳處：「這回阮一定要大義滅親，親手把這不孝囝押去投案，有影見笑死，攏免做人……」

任憑阿梅嬸苦苦哀求，哭得肝腸寸斷，採蜜人仍然不為所動：「這個家沒有血水再給伊吸，妳若放這不孝囝在外面躲來躲去，早晚伊連厝邊頭尾種田的傢俬攏偷偷去賣，到時咱是要拿啥物去賠人？」三年前有回義峰毒癮又發作，半夜裡跑去第一公墓裡，拆了地方上有頭有臉的許姓大戶人家陰宅的不鏽鋼鐵門，一個禮拜後才有人發現：唉喲！怎麼許仔伊祖先骨灰罈見了光？調出路口監視器才知道幾個毒蟲合力犯下這個案，其中一人骨瘦如柴，被人認出就是義峰。

夭壽死囝仔！這種壞人家風水的缺德事也敢做？採蜜人大發雷霆，把氣全都出在阿梅嬸身上，小孩都是被她給寵壞的！畜老鼠咬布袋，這句話台語和客家話都是一樣的！阿梅嬸默默地挨揍，以往只要孩子沒事，多少錢賠給人家就是了……但眼看這次是躲不過了，暴跳如雷的採蜜人，逼問著義峰的落腳處，如果不講，就要把她趕出家門。

阿梅嬸心頭彷彿扎滿蜂針，彷彿穿了蜂衣般沉重而椎心刺痛；採蜜人則是痛到無淚無感，只能不斷維持暴怒的熱度來抵抗悲哀。

臨暗，上山的夜路絲文無風，採蜜人騎著川崎狂催油門，切開蛙鳴蟋蟀交響的夜霧。他萬萬沒想到，這不孝囝離家出走後，竟然躲在這採蜜人每年放蜂箱的山上，窩藏在蘭潭水庫附近一處人煙罕至的工寮。

採蜜人仗著盛怒之火，直闖吸毒者隱匿之處，沒想過自身的安危堪慮；他只要一想到蜂群都消失了，什麼都沒了，也就不管三七二十一；他今天就要大義滅親，死活也要把他兒子綁下山，帶到派出所投案，這回非得要把他關進勒戒所洗心革面，戒不了毒，這個兒子乾脆打死算了！

當採蜜人爬過青石板的登山步道，摸黑闖入工寮後，一腳踹開簡陋的門，正好撞見了兒子的毒癮正沸騰般發作。

一盞昏黃燈泡，在無風的夜晚裡受到撞開大門的衝擊而搖晃著；沒有任何桌椅床鋪的骯髒工寮地板上，散落著泡麵碗、便當盒與便宜餅乾的紙袋、一兩盒加油站贈送的面紙早已抽空，上面放著已經用過的針筒與鋁箔……義峰蜷曲著身子不停地痙攣，大量盜汗的臉上一會牙關緊閉，一會又口吐白沫地嘔吐起來，採蜜人聞到大小便失禁的臭味，義峰緊抱著雙膝縮成胎兒的姿勢，邪靈附體似地顫抖，發出抵抗劇烈不適感的吼叫……任憑採蜜人怎麼叫喚，義峰都沒有清楚的意識，只是不停地翻著白眼……

採蜜人一團怒火被這一幕暫時凍結，他失聲叫著兒子的名字，不顧髒臭衝上前去緊緊抱住義峰的肩膀；一剎那之間，他也不知道為什麼自己突然老淚縱橫，彷彿某種難以言喻的悲傷突然降臨；人生悲苦路，一路走來只有苦難反覆輪轉，令人想要放聲大哭的衝動又催壓著他，那飽滿的悲傷在蜂群消失的時候曾經出現過，現在又突然無預警地充滿了採蜜人的內心。他看著工寮地板上散落的幾支針筒，生理食鹽水空瓶，牆角還剩半罐的蜂蜜……採蜜人不知兒子究竟靠什麼活下來，隔著薄薄的皮膚，幾乎可以摸到義峰身上的骨骼形狀，瘦成這副樣子九分像鬼的德性，竟然是自己的骨肉親兒。

採蜜人耐心地箍抱住義峰，等待毒癮發作的高峰期過去，兒子無意識的痙攣衝撞，四肢反射襲擊著父親的老身，幾度快要按不住他體內這頭末路狂獸……採蜜人使盡老力，全身緊緊箍住尖吼著扭動著掙扎著要奪門而出的義峰……等待魔退，等待回神，等待疲倦與無力感再度接管他的兒子。

一兩個小時過去了，渾身是汗的採蜜人小心翼翼地把兒子攙扶出惡臭的工寮，扶上摩托車，用繩索把兩人緊緊地捆在一起。

就在這一刻，夜間的山林有短暫的兩秒鐘，突然萬籟俱寂。

抽離了蛙叫蟲鳴夜鷺振翅田鼠鑽樹叢蛇腹鱗片摩挲過枯葉，一切的聲音突然憑空消失了兩秒鐘。

一切靜默，靜止無風。

尚未讓人感到不祥與恐懼之前，夜間的山林又恢復了尋常的呼吸吐納……

採蜜人確信自己聽見了：在那兩秒的無聲當中，他聽見有一種幾乎難以辨認、細微到人耳幾乎不能聽見的聲響。

那聲音雖然微弱，但確實地存在。

那聲音聽起來，像是數萬隻垂死的蜜蜂，墜落在這荒涼之境的樹下草叢泥地，正鼓動翅膀發出最後的悲鳴。

雖然微弱，但那不是風吹動任何物體所能發出的聲音。

那聲音實在太微弱了，採蜜人聽見了，但他也懷疑自己什麼都沒聽見；事實上人耳根本聽不到，在那兩秒鐘短暫的真空無聲中，採蜜人是從胸腔的共振中感受到；它對蜜蜂拍翅的空氣振動，實在是太熟悉了，所以確信在黑暗的山林中，蜂群正面臨無助的死亡，僅剩微弱的一口氣……他知道蜂群回不了巢了，但他不能讓兒子孤伶伶地死在這裡。

黑夜下山，採蜜人身上綁著兒子去投案，他心想：日夜交替、季節遞嬗……連桃花攏會起肖、連蜂仔攏會猝死，人怎麼可能一生風調雨順？

反正蜂箱就放在那，活得下來、願意回巢的蜜蜂，還是有家可回。

紅毛埤山通往市區的山路，靠近嘉義大學的那路段兩旁油桐花苞已經偷偷起跑，在漆黑的夜裡，採蜜人透過車燈的微光，眼角瞥見油桐樹上已經叢生點點白花，與頭頂上的星夜銀河頗似從同一匹藍染的布兜起來的銀珠。

暗香迴繞的山路上，採蜜人忘了正要押著不孝囝仔去投案的悲傷憤怒……他索性打空檔、把川崎的引擎關掉，一路無聲地滑下坡，在自身速度製造出的靜謐沁涼夜風裡滑行，直到他聽見綑綁在背後的兒子正輕聲啜泣，仿若垂死的嗡鳴……

採蜜人才又重新發動，讓川崎引擎的噪音空隆空隆作響，穿越無風的闇黑之夜，攪動這一潭暗香流動的夜霧，緩緩下山。

——本文榮獲二〇一三年桃城文學獎短篇小說二獎

尋常的週末

阿爸開始迷上自行車，都已經六十有二了。

底迪說，阿公穿著緊身車褲的樣子超帥！阿爸喜孜孜，把鮪魚肚縮回一寸，跨上碳纖維車架的捷安特公路車，鈴鈴出門；我趕緊呼某牽底迪抓鑰匙提餐盒揹起包包還檢查三次手機有沒有帶，一家人鑽進休旅車裡，底迪大喊：BEN-10特攻隊！出發！（什麼時候卡通人物我都不認識了？）

市區車多，我們早已被阿爸甩脫，連影子都沒看到；不過我們早已知道他往哪：一定又是沿東大路往南寮狂衝。假日那邊遊客車友多，阿爸一身勁裝、半指手套護膝貼身防摔衣緊身車褲束緊緊，看起來就像電視上一天一粒然後扛著單車衝上樓的銀髮老爹，更別提那頂流線發泡保麗龍單車帽，十二個透氣導流孔，配上抗UV電鍍偏光紫墨鏡，萬用防曬領巾、心跳監測手表和趴趴夠GPS衛星導航，裝在價值十二萬五千九的限量版碳纖維公路車上，改裝前四後七共二十八段變速、可調式倒叉避震器還有對向雙卡鉗碟煞，使阿爸頓時成為假日南寮漁港身價最高的歐吉桑之一，也難怪他每逢週末就想來報到。

這些裝備可是這幾年來，逢年過節一點一滴孝敬他老人家買齊的；為了避免過度刺激水某的神經線，這些高單價的奢侈品可得費盡心思化整為零巧立名目地幫阿爸敗回來；單車是十年前景氣大好時，公司配股大放送，變現買來孝敬老爸的（後來水某一直怨嘆賣得太早），當時底迪還沒出生，水某也挑了Gucci包，一家人無怨無悔；後來隨著景氣燈號由紅轉黃轉綠轉藍，底迪由受精卵轉成了胎兒轉成了新生兒轉眼間上了幼幼班，這些奢侈品也越來越難進入我們家，現在就連幫阿爸買雙抗菌排汗單車襪，水某都氣得忿忿然，說夜市五雙一百怎麼不買，非得要買那麼高級的才行？

妳也知道阿爸香港腳嘛……穿好一點比較不會腳臭啊……別這樣嘛……

我想像著，阿爸腳底裹著新襪子、騎著酷炫單車在市區穿梭，劃半圓繞過迎曦東門，鬧區行人對單車騎士早已司空見慣，但看到這麼老的飆這麼快還是會多看兩眼；幾次叫他騎慢一點，他就重聽給我看；恁爸老歸老，反應未輸少年仔。

只有底迪用生硬的台語說：阿公騎嘎慢咧啦！阿爸才會鈴鈴，好啦阿公會慢慢騎噢！彷彿這個家庭底迪說話最夠分量，底迪說阿公抱抱，阿爸就抱著胖底迪抱到手筋去扭到，隔天就叫某去買酸痛藥布來貼；底迪說阿公抽菸臭臭，阿爸就真的把抽了三十幾年的香菸給戒了！看在我眼底，還真有點不是滋味，怎麼我小時候喊水不會結凍，年輕的阿爸早早罹患選擇性重聽。

選擇性重聽，代表我跟阿母講什麼他都聽不進去。

右轉北大路，往前一點的西大路棒球場，阿爸年輕時繼承了一筆遺產，就棒球場附近開一家酒吧，TV Pub，就是附有卡拉OK的酒吧；店名叫作「紅不讓」，但整家店沒有半個人看職棒，因為當時連中華職棒都沒有，但所有人都知道王貞治；剛蓋好的球場本來要以他命名，但國家元首在興建期間掛了，於是就改為中正紀念球場。

那時科學園區剛選定在新竹，就像春雷敲醒大地，於是這叢「新」竹果真開始「雨後春筍」，大樓林立，工程師和外籍技師大增，下了班怎麼能沒有娛樂？於是酒吧也雨後春筍，全盛時期新竹市區霓虹閃爍，笙歌處處……阿爸的店算是最早冒出頭的那一批筍尖之一。

當年阿爸後梳油頭、身穿夏威夷衫、雷朋太陽眼鏡、手上戴著勞力士表，出入用進口摩托車代步、一派少年郎飄撇模樣，又有做頭家的派頭；Pub 生意好，阿爸也就不安分起來，跟店裡小姐曖昧嬉譁、勾勾手碰碰杯，惹惱了阿母：想當年她也是阿爸店裡的吧台，怎麼會不知道他把妹的路數？幾次砸店等級的夫妻吵架，逼出了阿爸的習慣性重聽，沒甲意的都聽無，最後乾脆四處喝酒逍遙，自家 Pub 的經營重擔落到阿母肩上。

一開始店還有賺錢，當時的風城籠罩在一股理直氣壯的歡愉氛圍中，連剛上國小的我也感覺得到：同學父母的職業只有兩種：不是在園區工作，就是在賺園區人的錢，無論食衣住行育樂，新竹與竹科互相仰賴、密不可分。景氣大好、前程似錦，每個人口袋中都麥克麥克，阿爸從以前就愛風騷、愛當阿哥；請客喝酒、四處留情的結果，就是氣得阿母帶著剛念小學的我搬到印象中冷得要命的香山，在已經漸漸走入日薄西山的玻璃廠當廚娘，兼在包裝線檢驗成品，辛苦工作餵飽兒子；印象中家裡常有一些瑕疵品的玻璃餐具，也是身為客家人的阿母勤儉持家的證明。

少了阿母的精打細算，阿爸的店常常入不敷出，最後被他女朋友之一捲走店內現金，一走了之。四處借不到錢周轉，阿爸只好黯然收山，電子廠的老酒客說，我們三廠缺警衛，要不嫌棄就來暫時度日吧？

這一暫度，度了十年。

這十年來，阿爸沒來找過我們。

倒是我哭著要找過他，阿母拗不過，騎車載著我從香山到關東橋，遠遠地看著三廠玻璃帷幕閃耀的巨大廠房，說把拔在裡面工作，不要吵他，然後就轉回光復路，買豆沙包塞我的嘴巴。一直到現在，我還是常常去買豆沙包給底迪吃，只是電視節目來過那麼多次之後，反而覺得味道沒有以前那麼好了。

幾年前阿母過世之後，阿爸終於搬回家跟我們同住；他的警衛工作是派遣職位，沒有退休金、沒有配股、沒有盛大的尾牙宴，這十年來阿爸也沒有一個家庭，因此接他回來對我來說只是補償的開始。

是的，我不但不怪阿爸，反而覺得他也吃足了苦頭；跟阿母一樣，沒有時間仔細想，人生這盤棋，也只不過走了兩三步，一下子婚姻、事業，從無到有；某一天在警衛室接到兒子的電話，驚覺自己竟然有孫子可抱，安享晚年，撿回來的幸福讓阿爸反而沉默許多。

也許是內疚，覺得自己沒負過什麼責任，阿爸剛搬來跟我們一起住時，連吃飯都不太敢跟我們同桌，說他窩在警衛宿舍一個人煮麵吃習慣了，要自己張羅吃食不用麻煩我們，惹得水某還以為是自己手藝不佳；好言勸了許久，才一起坐上餐桌，筷子也不敢伸太遠，底迪一句阿公不喜歡媽媽煮的菜呀？才讓阿爸拚命動筷，直說好吃。

唯一沒有芥蒂、總是能逗阿爸大笑的，就只有底迪能做到。

車子經過武陵路東大路口，底迪大叫阿公家到了。

小時候我們是住這裡再進去的金門厝老社區，阿爸說過咱家最早是從金門過來新竹開墾的移民，家族男丁興盛佃田眾多；民國初年頭前溪大氾濫，把一族親戚田產房舍通通沖刷入海，逃出來的連塊神主牌都來不及請；阿爸對底迪說當年你們僥倖逃生的阿祖跟祖嬤，到城裡呼救大水淹上來啦！連柄鋤頭也沒帶出來，只好去別人家當了榨花生油的工人，鬱鬱苟活到四十幾歲，阿祖終於把阿公帶大之後，就去南寮跳了港；水某超不高興地打斷阿爸的話，說不要跟小孩說這些話，但第一次聽到這段家族歷史的我跟底迪，下巴都掉到胸口了。

這段家族史，阿爸從來沒有跟我提過啊！

為什麼就唯獨可以講給底迪聽？

水某跟底迪說，那些故事是阿公講來逗你的啦！怎麼可能有一整座村莊都沖進海裡？我們不是去過頭前溪嗎？那麼少的水怎麼沖得走房子哩？還什麼沖走幾座土籠啊阿公真會講古……老實說，我也不知道阿爸講的是真是假，無論是多麼天大的災情，一百年以後也沒幾個人記得，除非是背負那些悲傷的家族，一代一代地口耳相傳下去。

但是阿爸從來沒有告訴我。

他從來沒有告訴過身為他親生兒子的我啊！

快到機場跑道終點的大彎道時，我們的 BEN-10 特攻隊休旅車追上了阿爸，老人家無法像年輕人那樣彎腰趴把，只能挺著上身騎公路車，看起來就不那麼流線，但這也無妨；阿爸腳力還是很健，四輪的追過了大半個新竹市，才跟上兩輪的他。

幻象戰機轟隆隆地發出巨響緩緩觸地，大彎道鐵絲網外面一群軍機迷興奮大叫，拿起裝備望遠鏡頭的單眼相機狂拍；小時候阿爸也曾帶我們來看飛機，印象中那是阿爸阿母都非常稀罕沒宿醉時，會有其中一人提議來漁港買些海產，於是時髦年輕夫妻騎著簇新的kawasaki的重型機車，把兒子夾在兩人之間，風風光光地出發（就像現在我們帶底迪出來一樣？），途中會停在周圍一片荒煙蔓草、才剛鋪好跑道的空軍基地外圍看C-130運輸機起降，然後被緊張的衛哨兵驅離……

阿母說，你把拔就是喜歡看飛機、喜歡騎好車、喜歡任何新奇好玩的東西，他就是坐不住，看到新的東西就會湊上去看個仔細，女人也是一個接著一個換，風流成性，沒藥醫。

一直到生病臨終前，阿母都不讓阿爸來看她；她自始至終倔強地切斷和他的關連，卻也說等她過往後，你就可以去找你阿爸，把他接回來一起住也行……

原來離婚時，他們早已協議斷得徹底；你要兒子找別人再去生，我的兒子你別想把他抱走……當年脾氣火爆的阿母獨攬了監護權，要見一面都不行，這就是風流的下場。奇怪的是，因為阿母自始至終沒有原諒過阿爸，在我心中反而沒辦法再去恨他。

就像阿爸平常對底迪總是百般寵愛，只要一不順底迪的意，他就大哭大鬧，大喊我討厭阿公、臭阿公爛阿公……小時候我說阿爸你抽菸好臭，結果被酒醉的他一把推開，恁爸呷菸是擱按怎？擱愛你同意是沒……闊別十多年的父子，重新在一起生活時有太多的矛盾與訝異，但沒人願意提起。

驚覺阿爸身體早已大不如前……

驚覺我已青壯成熟，驚覺阿爸樓梯都快爬不動。

驚覺我搭過波音七四七，驚覺阿爸從沒出過國。

驚覺十年來阿母說了多少怨言。

驚覺我毫不怨恨從前，只要阿爸喜歡，再貴的腳踏車我都會買。

驚覺我們根本不知道父子之間如何相處，因此我只會不斷付出，阿爸只能默默接受……

我們會那麼緊張地跟著阿爸出來騎車，也是因為老人家體力沒有他自認為的那麼好，每個禮拜來騎17K，一路騎到香山順風愜意，還邊騎邊哼歌，飆出了眼油；回程逆風時，就算齒輪比降到最低也騎不動，年輕力壯的車友也得乖乖用牽的，這就是新竹的風。

夏日黃昏，太陽還在天邊漫步，餘暉輻射著強烈的熱度，雖然已過五點，十七公里自行車道起點仍然遊人如織。底迪搖下車窗，對著阿爸大喊，阿公今天也要加油喔！我會幫你計時！惹得遊客側目。

阿爸消失在防風林間的自行車道後，我們也調轉車頭往西濱，朝17K的終點前進，我們就像阿爸一人車隊的補給團隊，隨時跟著這六十二歲的老頑童，任他盡情舒展筋骨、炫耀炫耀、玩耍累了，在終點時接他回家，底迪和我都對這樣的週末活動相當滿意，水某就算覺得很無聊，但也是秉持少數服從多數的美德。

水某盯著路旁玻璃帷幕的大樓入神：這應該是十七公里路線中最大的人工建築物吧？光想像裡面是個每天處理九百公噸垃圾的大焚化爐，以及製造這九百公噸垃圾圾的人們，那些汙穢的丟棄的糟蹋的淘汰的腐壞的浪費的無用的發臭的厭倦的貴重的失寵的便宜的遺落的所有人類社會活動的衍生物體，九百公噸，以二千度C的高溫試圖一筆勾消所有內容物的曾經，化為灰燼、熱能以及每公噸四百度的電。

這裡就是黑洞，吞食著所有進入爐口裡的垃圾，不管是一張零分考卷或是重了頭獎的彩券、枯萎的鮮花或求婚的鑽戒、剩菜殘羹或是朱門酒肉，在這兩千度高溫的烈焰裡通通一視同仁，滿懷著善意毀滅一切，因為如果沒有這個黑洞，也許我們將被每天九百噸的垃圾淹沒。

如果我的人生中沒有阿爸這個黑洞，大概也永遠不懂得珍惜自己所擁有的一切吧？

他不知道怎麼跟自己的孩子相處。

我突然發覺自己好忌妒、好忌妒底迪。

他擁有我所沒有的，阿爸的寵愛、我的關愛、雙倍的父愛。

而阿爸可能也忌妒我，我得到了完完整整的母愛。

如果真如阿爸所說，我們家族幾乎在民國初年一場大水災中被沖進了台灣海峽，那活下來的阿爸，怎麼知道如何為人夫、人父？

如今阿爸找回他的父愛了，我卻已經過了騎在他肩上的年紀。

遠遠眺望夕陽沉入金城湖，底迪和水某對著彩虹橋，指指點點說那是阿公，不對！這個才是阿公！把拔我看見阿公了！阿公在那裡……我心中突然有股怒氣，爆湧而出：安靜啦！這麼吵我是要怎麼開車啊？

車廂內霎時抽離了童稚的笑鬧聲，水某跟底迪手還貼住玻璃窗，回頭確認著駕駛座從未吼過他們的把拔是不是突然換了人了？

你發什麼神經啊？水某開始歇斯底里地數落我的態度，唯獨這次她歇斯底里得非常合情合理；我到底在發什麼神經我也不知道，你看你把底迪都嚇哭了，一家人出來玩幹嘛凶巴巴罵小孩？開車開累了大不了換我來開嘛……如果不想出來就不要買那麼貴的單車給你爸啊……臭把拔爛把拔，我要去找阿公，我要跟阿公說你欺負我，叫阿公打你……

到了17K終點沙灘，太陽已經沉入海平面，底迪彆扭地跑下車等阿公，稍微冷靜下來的水某在車上問我到底怎麼回事？我推說開車開久了心煩、公司最近狀況多，妳看我出門都一定要帶手機，很怕隨時要召回搶修，所以玩得不盡興……

水某直直看著我的眼睛，突然解開我安全帶的扣環、拉上車窗、手臂輕輕勾住我的後頸；趁著底迪在外面數著單車 LED 尾燈的空檔，水某緩緩將我倚在她的胸口上。

嗯，沒關係的。

嗯？

你一直做得很好，真的。

我靜靜地聽著她的心跳聲，隔著針織衫，輕輕敲著我的腦袋，聞著她身上淡淡的乳霜香味，我們究竟多久沒有這樣擁抱了？我的處境比起阿爸還要危險得多，因為我是如此幸福，如此不堪失去些什麼。

扣扣……底迪敲了敲車窗，我跟水某像被抓包的偷情男女一樣不斷抓頭髮拉衣襬，開門讓他爬上膝蓋；底迪彷彿已忘記我剛剛的失態，父子和好如初：阿公怎麼還沒到？他今天晚了三分鐘耶！底迪拿著手中的玩具表問。

我們一同望向車外：陡降的氣溫中，發電風車矗立，轉得像大支電風扇，發出颯颯的風切聲，強而有力地詮釋著九降風；阿爸已經六十有二了，從新竹市區這樣一路騎過來也有三四個小時，幾乎沒休息，該不會出事了吧？

一陣側風颳上休旅車，撼得我們失魂尖叫；底迪大吼，阿公來了！只聽見鈴鈴、鈴鈴，一銀髮老人乘著風在暮光中疾衝，彷彿正要起飛……底迪跳下休旅車，大吼大叫地往阿爸衝去……

我拿著毛巾跟水也趕緊下車，氣喘吁吁的阿爸接過水就灌，排汗衫上面結了一層鹽結晶……

阿爸風那麼大，趕快進車裡面吧！

阿爸風那麼大，趕快把汗擦乾吧，不要著涼了……

呼！那麼一點點風，恁爸……呼……呼……

原本以為阿爸的習慣性重聽又發作了，好不容易喘完的他，竟恢復剛來到我們家時的沉默、乖乖地披上了毛巾、扛起腳踏車放進休旅車後頭，心甘情願地準備回家了！

而在我幫阿爸固定單車時，底迪興高采烈地和水某在前座討論著晚餐，關上後車廂，阿爸的手掌突然按了一下我的肩膀，在那昏暗而狂風大作的海邊，我們父子對看了一秒，隨即分別從休旅車兩側上了車。

水某問，外面很冷厚？

我幫阿爸接完剛剛沒說的話：那麼一點點風，阮沒在驚啦！

——本文榮獲二〇一〇年竹塹文學獎短篇小說二獎

傳家之寶

父親過世那天，我剛升上區域督導。

喪親當然是無比沉慟的傷痛，但終於能夠離開辦公室卻讓我鬆了一口氣，尤其是對一個離婚帶著小孩的年輕女性主管而言，待在總公司一天到晚面對著輕佻歧視的眼神言詞，成為男同事們開黃腔的題材，早就淪為一種酷刑。

父親享壽八十二，竹山老家又是五代同堂的大家族，其實習俗上應算是喜喪，該張結紅燈籠、發大紅色的訃聞，代表往生者的福分；但我帶著才國小三年級的運運回家奔喪時，一到巷口看見白桃色帷布搭成的帳棚，還是雙腿一軟跪地一路爬了回家；運運嚇得不知所措，一時之間竟不敢跟在哭爬在地的母親後頭。

以往每次跟著我回娘家，時時刻刻都吵著要去麥當勞，不想吃家裡飯菜的運運，那一回竟也不哭不鬧，乖乖地跟著親戚小孩們圍大圓桌，端著碗筷默默地扒飯；也許是他嚇壞了，從未見過這樣的媽媽：四肢著地跪爬、哭嚎、無助的母親。

原本像山一樣高、像電腦一樣無所不知的媽媽，即使離婚也沒有在他面前掉一滴眼淚的媽媽，獨自扛起北北基十八家連鎖茶飲店督導工作的媽媽，總是努力讓他得到最棒的東西、最好的教育的媽媽……竟然會「咕咚」一聲雙腳跪地，就這樣從巷口爬進了那白桃色布幔的喪棚裡去。

現在回想起來，還是覺得好不捨；運運年紀那麼小，不應該親眼見到母親的心碎。

整個喪禮過程中，那一幕也許是最哀傷的畫面吧？在一片對於往生的父親充滿感激、欣喜的喜喪氛圍中，生前最疼愛的女兒我哭路頭是最哀傷的火花，每回在靈堂前，我都忍不住潰堤跪哭，兩個哥哥趕緊把我扶起來，仰望父親的遺照，我的心中彷彿插了一把刀，在那當下任何人都無法止住我的眼淚。

運運長大之後，經過辦喪事的人家總是下意識別過頭去，不知道是不是因為當時的景況太驚愕太深刻了？從小到大我從未教他要忌諱喪葬禮俗，但他國中班導中風猝逝的告別式他也沒去，今年上高中後，死黨的母親癌症走了，他也從沒去給好朋友的媽媽上個香。

那一年父親的後事辦完後，我帶著運運準備回台北，年事已高的母親留我多住幾天。這真是稀罕的事，自從我執意要離婚，獨自扶養運運之後，母親一氣之下就很少跟我說話；從小最疼我這個么女的，一向就是父親，母親把所有的心力都放在兩個哥哥身上，重男輕女的老掉牙戲碼，和我同年齡的女性友人身上隨便掏出來都有一大串，全部蒐集起來簡直可以拍出兩百集的本土連續劇。

在我懵懵懂懂的童年時，母親對我就只是淡淡的關懷：吃飯時哥哥們要再三央問添碗飯，妹妹只要有吃就好；求學時代哥哥們拿零用錢，想買什麼還可以另外開口要，妹妹從沒開口要過任何東西，大學考上北部私立學校就得自己辦學貸；哥哥們打架、賭博、不務正業，妹妹每個月按時寄錢回家一直到結婚後才中斷，每年過年包紅包給父母總是最慷慨，卻還是被母親告誡：沒事不要常帶運運回南投老家，咱們是五代同堂的老字號茶商，離婚的女兒常常帶著小孩回來住，街坊鄰居講閒話，真是不光采的事。

即使多年的齟齬不快，但母親畢竟年事已高，我當然不願忤逆她的意思；兩個哥哥繼承家中茶葉批發的事業，執掌父親打下的江山，這麼多年來，雖然因為好賭和經營不善讓祖產大幅縮水，好在精明的叔伯輩都還健在，一家人住在一起共同守成家業……想到這裡，我也就接受母親的好意，畢竟這個出走的女兒，已經好久沒有回家了。

那年母親要我多住兩天，其實別有用意。

父親彌留之前，留下了一個很特別的遺願。

那是三件傳家之寶。

喪事過後，母親刻意把內孫外孫都打發出去，又藉故支開店裡的大叔二叔，喚兩個哥哥和我到她房間……記得那天下午，竹山小鎮異常炎熱，陽光四十五度角穿透孝親房的竹簾，房間裡有一股難聞的藥味與母親身上衰老但又頑固的氣味，她白髮後梳挽了個髻，非常嚴肅地而小心翼翼地從五斗櫃裡，拿出一個黑漆蒔繪的木盒，放在床上，漆器通體散發著尊貴的光澤，我和哥哥們面面相覷。

母親又拿出另個檜木四方盒，上頭拋光後只上金油保護，木盒的六面都有螺鈿鑲嵌的蝙蝠圖紋，一看就知道是年代久遠的古董；我們兄妹從未看過家中有這兩樣精緻的古董盒子，當下都傻了眼，只能盯著駝背的母親繼續在五斗櫃中翻找，最後拿出來的，我們兄妹都相當眼熟了，禁不住都「啊——」地同聲叫了出來。

那是父親生前常用來泡茶的茶具組：用一個平凡無奇的竹製提盒，裡頭裝著茶具；竹提盒打開後，可以展開成為一組茶盤，裡面的盤面是本地產的孟宗竹經過碳化加工，經年累月的使用讓整組茶盤都染上斑斑茶漬，表面有些縫隙甚至發黴了。

母親說父親生前曾經交代，家裡收藏的上百只茶壺茶具，在他走後都可以分送親友或出售，或是捐給公家單位收藏；唯獨這三組茶具一定要傳給三個兒女：黑漆蒔繪盒給老大、檜木螺鈿盒給老二，竹茶盤給老三。

大哥臉上的喜悅簡直就像中了樂透一樣！父親的壺藝收藏在南投小有名氣，多年來茶葉買賣讓父親累積了財富，也收購了不少行家割愛的珍藏；許多年前文化局就曾經來借展父親收藏的幾把名壺，當時還曾經請文物保險公司為這些名貴的展品保了天價的保險，還有大學教授不時來跟父親畢恭畢敬地請教鑑定古董茶壺的要訣呢！

大哥雙手發抖著，打開漆器木盒的蓋子，裡頭內襯錦帛箍住了一只梨形宜興紫砂壺：體型嬌小、線條圓潤、通體粼亮，只有一顆李子大小，卻吸引住所有目光焦點，母親臉上露出驕傲的神情，連我們完全不懂壺藝的兄妹們，都能感受到這只小小的茶壺身價非凡。

黑漆蒔繪漆器盒蓋中，還有一冊佳士得拍賣製作的鑑定書與收藏書，上面有中英文對照的拍賣品資料，彩色印刷的照片上特寫了這只壺的蓋內、耳把與壺底印款「符生鄧奎監造」，並標明拍賣品年代是於清末一八九二年，由宜興製壺名師鄧奎製作，二〇〇〇年春季拍賣會上得標價格為一百零四萬元港幣。

我們兄妹三人嚇了一大跳，大哥連忙阻止正要伸手去將壺體拿起來把玩的二哥，這麼天價的茶壺萬一手滑了砸碎了！怎麼對得起父親？大哥和母親把二哥訓斥了幾句，接著母子三人像想起什麼似的，迫不及待要二哥打開檜木盒。

檜木螺鈿盒一打開，裡面是一整組以荷葉為造型的茶具，茶杯六件、茶海一只、茶壺一只，八件茶具通體晶亮、鎏釉剔透，呈現古樸的墨綠和泥質的土黃相互襯托的美感；壺蓋上的壺紐巧妙地以捲曲的荷葉梗為形，擴散開來的荷葉半覆罩了茶壺，壺嘴恰似即將溜出荷葉前緣的露珠，茶海則直接以一整片荷葉的外型來塑造，還有一隻栩栩如生的青蛙棲息在茶海邊上。

通篇日文的鑑定書上，憑著稀落的漢字，二哥與大哥拼湊出這組茶具出自於某位日本壺藝大師之手，由父親在一九九八年以一千萬日幣購入；二哥漲紅了臉，心臟彷彿要跳出嘴裡似的，一張一闔拚命換氣……果然像是人人有獎的大樂透似的，兄弟倆你看我、我看你的幾乎不敢相信父親留下了這麼名貴的傳家之寶！

我都忘了當時在母親的房間裡，大家沉浸在幸福的喜悅之中有多久的時間，因為當時我也為兩個哥哥感到無比歡欣——原本父親在世時，就當眾宣布不會分家產，茶行的事業表面上是交給兄弟倆，但是萬事還是得經過母親與大叔二叔的點頭；茶行的營收，兄弟倆只能取生活所需，等於是維持原狀，避免兩兄弟爭產分家。

沒想到父親還留下了這樣的大禮！想到這裡，大哥與二哥不約而同地望向還沒打開的竹提盒，催促著我趕快打開看看。

我還記得當時也和兩個哥哥一樣，雙手顫抖著打開竹提盒……蓋子一掀，我不禁眼眶一熱，眼淚掉了下來；兩個哥哥卻像警報解除似的，不由自主地鬆了好大的一口氣……

那是父親生前最常用的一組茶具。

朱泥無彩無釉無繪的仿宜興孟臣壺式茶具，六杯一茶海一茶壺共八件，每一件都彷彿三合院屋頂的紅瓦般老舊不堪、層層疊疊的茶垢茶漬，壺蓋內緣還有小小的缺角；簡直是擺在路邊也不見得有人願意拿走的一組老舊茶具，光看就覺得不潔與作工粗糙，但是我卻一眼就喜歡上這組茶具，滿溢的感情與回憶一同擠出我的眼淚，與梗在喉嚨十幾天來不得解放的那一聲慟哭。

母親與哥哥都被我的失聲大哭嚇了一跳，時光彷彿回到我跪爬入靈堂的那刻，大哥二哥趕緊言不及義地安慰我，竟然是勸我：「不要難過，一定是哪裡搞錯了，爸爸不會這麼壞心，留這組不能上檯面的茶具給妹妹……」

哥哥們用求助的眼神望向母親，她眼中也閃著一絲淚光，說：「妳要認命，係阿爸留這組給妳，一定有伊的用意。」

聽到這句話，我彷彿被抽離了母親的小房間，完全無法理解他們的頻率與思維；我哭，是因為觸景生情而哭，我完完全全可以接受父親送我的這份禮物，我簡直太喜歡了，根本不願意跟任何人交換！

思緒飛到小時候，不論是父親在茶行中與人談生意，或是三五好友街坊鄰居一起泡茶閒聊，茶桌上最常用的就是這組朱泥小壺！他常常說店裡面泡茶的茶具不用多好，因為客人上門光顧買茶試茶，要喝的是茶葉的原味，而不是看茶壺的泥工或落款；一壺一味，所以這只朱泥小壺一直以來就是專門沏最長銷的高山烏龍，數十年滾燙茶湯的澆灌吐納，茶體裡外的細微孔洞已經吸滿了茶汁，壺內甚至有層「茶山」，不放茶葉光沖熱水進去，也能砌出一杯清香茶水。

憶起當我還是小女孩時，最愛纏著正在泡茶的父親討茶喝。母親認為高山茶性寒傷胃，又有咖啡因的刺激，所以向來嚴格禁止孩提時的兩個哥哥喝茶；但對於我卻睜一隻眼閉一隻眼，任憑我跟著大人一起喝茶嗑瓜子……雖然現在想起來有些心酸，但這也養成我對於茶葉敏銳的味蕾，在我後來成為連鎖茶飲的採購兼督導時，發揮了意想不到的用途。

我在腦海中細細回想，父親沏茶時熟練的動作：先是到廚房的儲水桶，用鐵壺裝滿引自埔里山區的山泉水，再以茶桌的瓦斯爐快火煮沸；等水燒開的時間裡，父親擺好茶具茶點招呼客人，閒聊兩句；水沸騰後先溫杯溫壺，再熟練地以竹勺量茶葉，茶米叮叮咚咚地落在剛溫過的冒著蒸氣的壺裡，響起微微清脆的聲響真是好聽……等水稍涼，繞著圈圈沖茶，蓋上壺蓋洗掉第一泡後，回沖三回蜻蜓點水斟茶杯，聞香就口，茶湯輕輕撫過喉嚨，留下餘韻甘美，真是好茶！

大哥二哥焦急的叫喚打斷了我的思緒，他們一臉擔憂地望著我，仔細一看外頭的炙熱驕陽已經完全消散，運運在客廳大聲叫著媽媽，我趕緊擦乾眼淚，跟哥哥們說沒事，抱著竹提盒離開母親的房間。

隔天一早，我和運運就準備回台北；二叔開車送我們到高鐵站，一路上默默不語，但最終還是忍不住開口：

「阿妹啊……阿叔其實還是要告訴妳，不然良心過意不去哪……」

我狐疑地問：「二叔，什麼事情過意不去？」

「妳那個竹提盒，裡面裝的是不是妳爸爸以前營業用的那組茶具？」

「是啊，怎麼了嗎？」

「唉……我本來不想講，也勸過妳媽媽好幾次了，妳也知道妳媽媽這個人……」二叔一副欲言又止的樣子，更激起我的好奇心。

「二叔您就有話直說吧！我也不會跟我媽提的……」

「那組竹提盒和裡面的茶具，本來妳爸爸是說要留給長子的；妳大哥拿的那只古董紫砂壺，才是妳爸指名要留給妳的喲……」二叔說完又嘆了口氣。

我聽了之後大吃一驚：「什麼！我爸真的這樣說？」

「是啊……不過妳媽媽就執意要把那只紫砂給妳大哥，說什麼也不願意給妳，唉……」

價值好幾百萬的名貴古董茶壺居然是要給我的？

母親竟然欺瞞我們兄妹這件天大的事！

「我……二叔，我真的不知道該說什麼……」一念之間，我竟然想通了：「沒關係吧！那把壺是要給我的也好，給哥哥也好，我也很喜歡這組朱泥壺呀……」

二叔聽了之後，後視鏡中的神情更落寞了：「啊，妳真是懂事乖巧的孩子啊！從小就處處禮讓妳那兩個哥哥，妳媽媽真是太……」

二叔繼續接著說：「妳手上那組東陽窯的茶壺，雖然也有點年紀了，但因為常常在泡，所以品相並不好看，跟妳兩個哥哥手上的茶壺比起來，簡直是沒有價值哇！」

「二叔，誰說沒有價值？至少我很喜歡呀！這組茶壺有我和爸爸滿滿的回憶呢……」我是真心喜歡這組朱泥壺，老實說若是拿個天價古董回家，我也會一天到晚擔心運運不小心把它給打破吧？

回到台北後，我把竹提盒放在客廳的酒櫃，上了鎖不讓運運有機會碰到，但自己從未把那只朱泥小壺拿出來泡茶。一方面一天到晚巡店喝樣茶已經夠折磨胃的了，另一方面實在也欠缺那種閒情逸致，缺少一個茶伴，能夠好好坐下來，悠閒地沏壺茶聊天地北。

幾年過去了，運運已經是個高中生，彷彿漸漸遠離我的生命一般，無時無刻地疏離著我；每天放學後不是補習就是躲在房間裡，電話一聊就是一兩個小時，要不就是戴著耳機不停地聽流行音樂，真擔心他的耳膜受不了。

離婚後，一心只掛念著這個孩子，但最擔心的事情還是來了：學校打電話通知，說運運在校內為了細故和同學鬥毆，彼此雙方都掛了彩，希望雙方家長面對面溝通解決。

我到學校領回了變得幾乎不認識的叛逆兒子，襯衫上面有兩滴血，上顎到鼻子一帶有一點瘀青，挑染的頭髮上面黏膩的血漬，聽說是撞斷對方門牙的成果。

回到家後，母子倆在廚房餐桌相對默默無言……

我根本不知道要怎麼管教孩子的脫序行為，特別是當學校的老師提醒我：這孩子在學校似乎有點太安靜了，別人都不知道他在想什麼……也有許多單親家庭的孩子有這種現象，家長要多留意了。

運運低頭不語，眼裡盡是傲氣，但別人也許不知道，可是我卻看得出來：他在內心深處，只是個孤獨的孩子。

我這個做媽媽的，只是不曉得如何去碰觸他孤獨的心靈。

「要喝茶嗎？」我輕聲問兒子。

「……」不語。

我從客廳擺飾櫥裡，拿出整組的竹提盒。

打開茶盤，擺出兩個茶杯與茶壺、茶海，我用廚房瓦斯爐燒開水。

「我不要喝妳泡的茶。」

「什麼？」

「我不要喝妳用那組爛茶具泡的茶啦！」運運爆出不滿的怒吼，我從不知道他對這組茶具竟懷有怨恨之情呢！

「為什麼不喝媽媽泡的茶呢？」

「那組爛茶具，根本就是別人家不要的啊！妳都被外婆跟阿舅他們欺負，還把它當寶貝撿回來！」

原來這孩子在幾年前到高鐵站的路上，聽到二叔和我的那段對話，心裡一直有一個疙瘩：對他而言，這是組象徵羞恥的茶具。

「運運，你聽我說……」我緩緩將茶具一字排開。

「其實大概是你升上國中那年開始吧？我們不是就沒回家過年了嗎？在那之

前，你舅舅他們有打電話給我……」滾燙的沸水注入多年乾涸的黝暗壺裡，發出滋滋的聲響。

「你知道發生什麼事嗎？」

「我哪知道啦！反正不關我的事啦！」

茶壺裡的每個毛細孔正因為沸水的熱度而舒展開來。

「當年，你外公留下三組傳家之寶給我們，現在只剩一組。」

運運原本撇過頭去，被這句話吸引，轉過頭來凝視溫壺的熱水傾洩。

「什麼傳家之寶？妳是說大舅二舅那邊只剩一組喔？那另一組咧？」

溫壺後的沸水，是淡琥珀色的。

連運運也被這細微的變化吸引，如同孩提時的我。

「你大舅那組古董壺，被他兒子摔破了。」

我剪開真空包裝的新茶，這是老家今年寄來的春茶。

「什麼？那大舅不就捶心肝捶到死？哈哈！」叛逆的運運，露出幸災樂禍的輕蔑笑聲，第一次展露笑顏。

揉成球形的茶葉，叮叮咚咚地落入朱泥壺的肚子裡，清脆而熟悉的聲音。

「是呀，聽說你表哥被狠狠教訓了一頓。」

「活該！他本來就很愛現……」

提壺倒水，沸水沖擊茶球，在圓形的壺裡激出劇烈的漩渦。

「那就是剩下二舅的日本茶壺了。」運運忿忿然地說。

六只茶杯，杯緣相貼，第一泡就當洗杯，快速來回切過六個圓周。

「那組是假的。」

通通倒掉，第一泡茶不飲。

「什麼⁉」

但可以聞聞香氣，我把杯子湊到鼻間聞著香，運運也學我拿了個杯子猛聞，眼睛還是瞪著我，等待懸而未解的回答。

「那一組是贗品，也就是機器大量生產的仿製品。」

沸水再淋，舒開的茶葉炙得全都抖落了茶多酚，釋放茶胺酸……

「假貨？怎麼可能？外公怎麼會留假貨給自己的兒子？」

壺裡飽滿的熱像是滾燙的地心，茶壺蓋上茶紐氣孔因為虹吸現象，滲出一滴晶瑩剔透的熱露，而茶壺裡岩漿般流動的，是南投山區的風與土的凝聚，也可說它是日月精華。

「這就是奇怪的地方了：那組茶具的瑕疵，一般人是不會注意到的，但只要是行家，仔細觀察一定可以看得出來；日文鑑定書也是假的，這件事情會曝光，完全是因為你二舅又賭輸了，打算變賣那組茶具來抵債的緣故。」

茶湯溜進了茶杯，運運的心中充滿疑惑，大人的世界真是矛盾不堪。

「所以……妳說剩下的傳家之寶，是我們家這組？」

瀝乾了茶湯後，茶葉還能耐上幾回高溫。

「沒錯……」我注入熱水，「你外公早就知道，老二早晚會把茶具拿去還賭債、外婆又會把最不起眼的那組掉包給我，所以一開始就指定最貴的收藏要給我，這樣外婆就不會懷疑我們這組營業用的茶具竟然身價不凡……

「不過我想無論是哪一組，你外公都知道：我會心甘情願接手這組舊茶具。

「這組茶具其實也挺有淵源的，東陽窯原本是南投有名的朱泥茶壺製造廠，他們的師父吳茂成，人稱風純師，在南投市牛運堀設窯，九二一之後就收了；曾經有位日本陶藝大師，叫濱田庄司，和顏水龍來了東陽窯兩次，收藏他們家的茶具，還揮毫寫了『隱世造寶』的墨寶給風純師……所以，這組茶具自有它的歷史價值。」

運運聽得瞠目結舌，連第三泡茶都忘了喝。

「這些都是文化局的人後來去外婆家借茶壺展覽時，告訴你外婆跟舅舅們的；他們很懊悔真正有價值的文物被我帶回台北，三番兩次打電話要我拿回去……」

這茶，味道真好，和童年時父親手沏的茶湯，味道一模一樣。

「開什麼玩笑？他們還好意思來要回去？」

回沖三度後，我把茶葉掏盡，熱水淋壺倒扣瀝乾；我久久凝視輕撫著壺身的運運，眼中暴戾之氣漸漸消散……

「這茶壺不管值多少，對我們而言，都是無價的……」

「嗯……」

回憶在茶湯裡發酵，有些感情會漸漸回甘。我們久久凝視著桌上的茶壺：這易碎又脆弱的心形陶瓷，經過一甲子滾滾茶濤的沖積，質地反而日漸堅硬，透出溫潤而古樸的色澤；那純樸而內斂的光澤，就是父親留給我們的傳家之寶。

——本文榮獲二〇一二年玉山文學獎短篇小說三獎

上山

父親在五十八歲那年，剃度出家。

來自他周遭的吶喊與反對，湧向這個即將退休的光電學教授；我則在這股巨大的反彈浪潮中，被迫重新檢視我的父親，在這世上血緣最深、卻又最不相同的兩人。

在漩渦般席捲我們全家的這場風暴中，最無法接受事實的當然是我的母親：要她如何接受事實？半生相互扶持、平穩走過，也無大風大浪、只剩幾年就要退休的老伴，說是為求心靈平靜與智慧超脫，要拋下這個家、遠離俗世紅塵……幾次激烈的爭執，母親嘶吼著：「你要出家不早出家，非得等到我老了病了、快要死了，你才要拋下我們？」

母親與父親同年，除了高血壓、骨質疏鬆之外，尚無太大的疾病；會這樣彷彿自暴自棄地賭咒、像個孩子般吵鬧，是因為依賴了一輩子的男人就要離開這個家庭了，她沒辦法不感覺無助、悲傷與憤怒。

而夾在他們兩人之間折衝協調的角色，無疑是我了。

從美術系畢業後，找工作接二連三地碰壁：我當過幼稚園美勞老師、幫老舊的布袋戲班畫過舞台、做過很短暫的美工插圖工作、甚至到後來，申請了街頭藝人的執照、擺起肖像畫的攤位……一個失敗的畫家，三十歲流落街頭，唯一的興趣卻是早年與教授父親衝突的原因。

現在衝突的原因消失了，父親還是尊重我學畫的想法，從反對轉而支持，累積成我們父子近年來的感情修復；母親卻因不諒解他出家的念頭，反而漸漸不願直接與他溝通，凡事叫我去提。某種程度上，兩邊都不願意直接面對言談之間可能產生的冰或火；世間最大之物是語言、最微小的事物也是語言。

其實在這場出家的風暴中，來自各方的拉力一直把父親擒住，不只是母親；他任教多年的大學，校方與學生多次來家中懇求教授再多待幾年、課可以盡量少排、帶帶研究生也好：「博士在光電雷射科技方面的學術背景，若要提早退休真的是產界學界的一大損失啊！」校長理工學院長系主任與研究生一字排開，輪番苦苦央求著……

父親嘆了口氣，留任是留任了，但還是剃度出家；落髮披袈，剛開始每週到科大上一兩次課時總引起側目，但所裡的學生都知道：教授出世的外表下，蘊藏著無人能及的半導體與光電科技知識；有時候言談之間流露的佛學與禪思，不見得大家都聽得懂，但剃了頭髮的教授還是以前的教授，而且更溫和、更有耐心了。

父親修行的佛寺通融許多，其實本來也沒強求，可是父親一心向佛，正式出家後一切按誡律生活、上課時下山到學校、偶爾回家就睡在書房改成的禪房；如果他不回來走動，也許母親會被焦慮與悲傷衝垮，雖然我天天回家陪母親，但解鈴還須繫鈴人。

追求寧靜的過程中，往往會讓周遭的人陷入不平靜。

晨鐘暮鼓是一種心靈平靜，但天倫之樂又何嘗不是？

這兩種想法一直在我心中相互衝擊、互相矛盾著；一開始我也與母親一樣，充滿不諒解，與父親多次溝通，才漸漸體會到他的心境：早年努力攻讀學位、中年投身於教育與家庭，漸漸地產生無法解答的疑惑與宇宙萬物何生何滅的思索……雖然人都只占方寸之土，但有些疑惑會不停驅使著人們去找到解答、找到平靜；從很早前就開始接觸佛法佛學的他，慢慢在其中找到心靈平靜的鑰匙，這種內心的轉變是不為外人所知的，即使是身邊最親近的人，也不見得能瞭解你內心的困惑；因為這根本上是自身智慧的問題，智慧與領會尚未到達之前，煩惱就存在於心中。

母親坦承：早年他們有一陣子感情不和睦，大約是結婚後兩三年都沒懷孕，曾經有一段時間累積著爭執，讓年輕的這對夫妻都考慮過分開；這應該是每對夫妻必經的歷程吧？不過母親說，她生性悲觀，年輕時又想法極端，也想過自殺或揚言自殘，當年父親也是心高氣傲，互相傷害的話語讓兩人後來好長一段時間相敬如冰，直到我出世後才又找回家庭的重心……

從我求學以來，也是諸多不順遂：成長過程中父母多希望我能走向理工的領域，也許父親認為我身上與他有相同的才能，但偏偏我從小就偏愛美術與文學，完全對數理方面一竅不通。好幾次父親將我畫具通通丟棄，也都是母親偷偷塞錢讓我買回來……我不斷對自己要走的路產生懷疑，即使已經開始從事街頭畫家的工作，收入能夠養活自己後，我仍不停地反問自己：工作時間自由、收入還算不錯、又符合自己興趣的這份工作得來不易，必須惜福了；可是某一方面，當我每次忙碌地為人們組合他們的臉孔時，心裡卻不停地質疑這樣的畫匠作業能描繪出幾分現實的人生，不管是別人的，或是自己。

每天趕工似地快速描繪著人們的臉龐，同樣的線條同樣的用色……連續幾個月下來毫無轉變；我常常看著畫架旁堆滿的展示用肖像，完全感覺不出自己的成長。在學校時練就的技巧，這麼多年來一點進步也沒有……十五分鐘畫完的作品，交到客人手上一陣驚嘆，禮貌性的誇讚、付款、我收下、然後換上新的畫布繼續畫出風格差異不大的作品；有些人要畫得唯美一些就多用粉彩、有人要畫得漫畫風格就畫個表情逗趣的誇張大頭、有人要藝術就下筆大膽抽象……但是那些都是完全相同的東西，我自己明白：欠缺內涵、沒有色彩的、依循生產線守則所壓製出來的商品，既沒有藝術性，甚至談不上創意。想像力最終的目的雖然不見得一定是創作，但是在一幅畫還沒真正完成之前，它都只是想像……而我的情況，有時候連想像力都是一種難得的靈感。

我一直想說的是：色彩並不可見。人類感官所能接收到的顏色，其實是光線經折射後被視網膜上有限的視神經捕捉到的電子信號；真正的色彩存在於人心深處，對於所見事物，從心靈之眼，透過濾鏡去看待的顏色。我們知道黑白，可是比白色更白的東西是什麼？比黑色更黑的東西又是什麼？超出了理解的範圍之外的事物，我們通常當它不存在。但是我知道會有一天遇得到，那比狂喜更喜悅的狂喜，以及比恐懼更恐怖的恐懼。這些理由，讓我幾度想放棄熱愛的繪畫；可是一旦不拿畫筆，我的生活反而更加陷入混亂……

也許父親心中也曾閃過同樣的疑問，也曾經想要努力追尋答案……

去年，父親正式剃度出家、上山的那天，母親終日悶悶不語。我相當擔心地整天都在家中陪著母親，只見她在父親的禪房待了一整天，隨手翻翻父親讀經的筆記與佛書…到了傍晚，母親總算帶著稍稍和緩的臉色走出房間，在暮色斜照的廚房開始準備起簡單的晚餐。

我們這家人的生活看似恢復了平靜，表面上母親似乎默認了父親出家的事實，但實際上說要她完全接受卻又不可能；經常半夜裡母親醒來，會在房間裡激烈地摔東西出氣、或是把我搖醒、叫我非得上山去把「爸爸」給帶回來。

這已不是第一次了，我曾經數度隔天清晨開車上山，帶回父親「還」給她；他回家時，母親就較少生氣，而兩人的互動也漸漸從冷漠以對變成一起誦經談道……

即使是出家人，也仍切不斷與家人的無形的牽掛，真的有必要完全切斷嗎？也無須執著。父親說。

出家滿一年的那天夜裡，母親又淚流滿面地來敲我的門，她說你爸爸出家後，我每天都聽得見自己漸漸老去的聲音……我們再去勸他回家修行，不必非要待在山上了。

我無法拒絕母親的哀求，於是發動車子，這次母親也一同上山；我心中的盤算是：這麼晚就算上山，看到寺前緊閉的大門、母親應該也會情緒稍稍平復些了，到時候再勸勸母親別再執著，一趟深夜上山，沒有預期要改變什麼。

夜裡山路，山上的幽靜別有一番風味。成片竹林在龍眼林的夾縫間競爭凌空、像是伸往皓月的天梯；夏夜晚風吹來，竹林搖曳生姿，竹葉猶如一篇篇草書在空中舞動；山澗流到緩波匯成小池，夜鷺聲起，蛙鳴就暫息一時，蟋蟀還姿意鳴叫；夜晚山麓清寂，樹冠底層的喧鬧穿不透結實累累的龍眼樹，月光灑下一片鵝黃沒入厚實的森林，在沒有太多光害的自然環境裡，夜空美得像梵谷的星月之夜一樣，彷彿天空中的星雲交融旋轉、跳躍蠕動著……山路上氤氳繚繞，隨時會起霧置身於險境；各種動物在夜裡出沒：夜鷺發出尖銳不祥的叫聲、一閃而過快如雷電的毒蛇、慢條斯理爬行穿越公路的澤龜……

我們速度放慢，隨著山路的高度飄起了大霧，我與母親隨意聊著……突然，在一個山路轉彎後看到了不可思議的動物：一頭巨大的鹿！頭上長著角、身型巨大高過車頂的台灣水鹿，被車燈的強光炫住了，反射著強光的兩隻眼睛在黑暗中熚熚閃亮，一動也不動地望著緊急煞車的我們，兩方就這樣對峙了不知道多久……也許只是幾十秒，但我卻覺得那一刻整個人被一種神聖的力量所震懾；那水鹿昂首而立，站在煙霧繚繞的柏油路中央，身上的線條並不是徐悲鴻畫馬時蒼勁有力的水墨線條，倒像是郎世寧設色鮮麗，輪廓飽滿的圓滾馬身；眼前這頭水鹿牠似乎不太怕人，反而是從來沒有遇過這種情況的我們，坐在車裡不由自主地頭皮發麻了起來……還好車速不快，來得及煞住；也還好牠沒有受到驚嚇往這邊衝來……

那頭高大的水鹿俯瞰著前座中的這對母子，黑暗中牠的眼神是我見過最莊嚴肅穆的神情；過了一會，鹿低頭從路旁山徑鑽去，結實的身體有力的四蹄在柏油路上敲出聲響，轉入黑暗的草叢裡消失無蹤……

我和母親久久才從怔住中解開，彼此互看了一眼，母親就說下山吧！不要再找你爸爸了……我一路上想不透為什麼不算高海拔的郊山山路上會出現巨大的野生水鹿，而且似乎還不太懼怕人車！

而且那頭鹿壯碩美麗的身形一直留在我的視網膜裡，我從來沒有在這麼突然的情況下目睹這麼漂亮的生物；我想母親也受到了不小的驚嚇，回到家後，她淡淡地跟我說，她覺得那頭半山腰出現的鹿好像在看著她、跟她說：

「回去吧！」

「回去吧！過去心不可得，現在心不可得，未來心不可得……」

父親後來告訴我，那鹿是很久以前從後山的養鹿人家逃出來的，就跑到山裡再也抓不到；常在後山公路進出的法師們有目睹過，當地人也難有機會看見野生的台灣水鹿喔……這是一種機緣，美麗的野生動物願意現身在你眼前，是為了讓你領略生命的力與美，以這份感動，來創造眾生皆能感動的畫作。

我說：「爸爸，讓我為您畫一幅畫吧……」

畫作完成後，我打算把它帶回去放在母親的房間，代替原本父親的存在感；在每一次上山作畫的過程中，我漸漸找回了對繪畫的熱情與嚮往……

在這之後的三個月期間，我頻頻上山，為父親作畫；夕陽般的金黃色畫布上，一位面目慈祥的老人、戴著厚框眼鏡、披著袈裟，平靜地注視著作畫者……那眼神中，有著對畫外之人的熱愛、與永無止境的關懷。

——原載二〇〇九年七月三十～三十一日《人間福報・副刊》

NANA

1

「查號，三、零、九，號台，您好……請問要查什麼號碼？」約莫三四十歲，沉穩而令人安心的女聲。

「妳好，我要查暖暖區有沒有一位張井先生？」焦躁、緊張的年輕男子，聽起來帶有業務職業習慣的客氣與卑恭，背景聲音有點混雜卻悶滯，像是處在行進中的車輛裡。

「不好意思，請問是弓長張、謹慎的謹嗎？」電話那頭傳來敲打鍵盤的喀喀聲，聽起來像是機械式鍵盤特有的清脆反饋所產生的聲響。

「不是，是井水的井。」

「好的，請稍待。」喀啦喀啦。

「謝謝。」年輕男子想像著某個冷氣強得不得了的機房裡，坐在小隔間裡面的三零九號查號員正在等著終端機螢幕上送出資料。

「……」

像是按下靜音似的，大約四五秒之間，電話裡完全沒有聲音，女人的聲音回到電話中時，背景的雜音也同時被收進來了：「不好意思，查詢不到張井先生的電話資料喔。」

「咦？怎麼會這樣？」

「有可能是因為對方沒有申請登錄電話簿的資料檢索，所以我們這邊不會顯示，不好意思。」

沒有申請登錄？資料檢索？年輕男子試圖理解這整句話的結構，但只來得及弄懂意思：查不到。

「等一下，妳是說他可以申請市話，但不會被找到？」

「原則上是的，中華電信基於客戶隱私權的原則，只有申裝時勾選登錄的電話資料才能被查詢。」女人繼續以冷靜沉穩的聲音說明，感覺一天要解釋上四五十次相同的疑問。

「可是，我阿爸他沒有理由躲躲藏藏啊！」年輕男子反倒慌了，像在自言自語。

「不好意思，您可能需要透過其他管道……」她意識到了麻煩，想快點結束這通查號服務。

「那，那妳可以幫我查他有沒有手機嗎？」不放棄，再追問。

「不好意思，我們不受理行動號碼資料查詢喔，您可能還是……」即使說明什麼隱私權問題，一般民眾根本也聽不進去，趕快結束比較妥當。

年輕男子顯然是絕望了，帶著情緒越講越大聲：「透過什麼其他管道？我什麼都試過了！從二十歲找到三十歲，結婚時也沒找到人……你們也不受理、警察也不受理、戶政課也查不到、現在我媽媽已經發病危通知了，誰來幫我找我阿爸？」

「不好意思，我們系統真的無法查詢您要的資料，還是我請主管跟您說明？」女人的聲音也因不安而微微發抖著；查號台十年資歷，工作輕鬆，但每次值班四個小時之中總會遇上各種千奇百怪的查詢，找總統找立委還有要嗆名嘴的、查家人查外遇還有糾纏前女友的、哈啦聊天問天氣想自殺投訴司法不公問有沒有缺人還說自己很會講電話的……

「不用了！我自己想辦法！」年輕男子氣呼呼地把電話切斷，工作日誌上，查詢未果＋1。

女子清空螢幕查詢欄位上的「張井」二字，將畫面歸零，對著早已斷線的耳麥說：

「謝謝您的來電，再見。」

2

「各位聽眾朋友大家午安！又到了今日海象播報的時間，咱今日基隆彭佳嶼海面都是透南風，四到六級，雷雨區陣風七級，海湧一到三米高，算是小湧至中湧啦，海面上多雲局部陣雨抑是雷雨，提醒咱漁船作業佮等候入港的泊船要特別注意喔！」麗音姐撥回收音鍵，把中控台上預錄的過場音樂推桿往上 fade in，趁機喝了口熱菊花茶後拿起通話筒，錄音室外面的助理連忙接起另一端的話筒，手上吃到一半的三明治火腿片掉到地上。

「小陳哪，這稿是哪來的啊？」

助理趕忙把三明治嚥下：「喔，早上海岸電台傳真過來的。」

「海岸電台，你是說基隆海岸電台？」

「嗯啊！說是這個人已經打電話過去好幾次了，打到值班的人都快煩死囉！還寫了落落長的信，說來說去就是要人家幫他找失散多年的老爸啦！」

「這年頭除了漁民之外，還有人知道可以打一〇三找人喔？」麗音姐的確很訝異，查號一〇三台是冷門的服務，早年手機跟衛星電話不普遍，陸上民眾有急事，要傳呼船舶上作業親人的管道就是一〇三；麗音姐心裡想著如果是海岸電台值班人員，她比較熟的也就王哥，人古意又英文一級棒，還通報過幾次外籍貨輪故障意外；但是碰到這種事情，恐怕也手忙腳亂噢。

「嗯啊，聽說他也打過一〇四好幾次了，但是根本查不到他要找的人啊！」助理說著，又開始小口吃著剩下的三明治。

麗音姐看著手上的傳真稿，拗口公文大意是有一位住在中正區的民眾張先生，日前打一〇三海岸電台查號台要找有沒有一位叫作「張井」的六十五歲老船員，雖說要尋人，但既沒有船名、呼號，也就不知道這位張井是在哪艘船上工作。

查號台值班人員說這樣根本沒辦法找喔！總不能能一艘一艘船去呼叫，說「貴船上有無一個叫張井的船員啊？他兒子找他喔！」當然也不能動用緊急頻道去廣播這樣的事啊！那些航泊在基隆港外海等入港的外國籍的船長應該會一頭霧水吧？

所以海岸電台就只好把這件事情轉給我們……麗音姐明白了，身為小型漁業電台的老闆兼播音員，她很快地把傳真稿讀過，嘴上雖然還叨念著：「這應該是港務局的工作啊！」卻也不由自主地拿起原子筆順稿。

「歡迎回到咱『和平島廣播電台』，我是麗音，有一位民眾，住置中正區的張先生寫批來，講欲請大家幫忙找一位亦是姓張的張井歐里桑，係古井的『井』喔！

「這位張先生就係張井的後生，伊講，伊阿爸置伊細漢時陣，置外面跑船，罕得轉來厝內，若是轉來，嘛常常跑去酒家，做火山孝子就對啊！放伊母囝按呢無依無倚，後來更加超過，直接佮一的呼作『娜娜』的酒家女走去，兩人搬去暖暖一帶，避不見面，聽眾朋友啊！恁講按呢甘有超過沒？

「但是呢，雖然講這位失蹤的歐里桑啊，伊沒盡到做多桑的責任，不過伊後生抑是想欲甲伊早日見面團圓啦！因為伊老母最近肝癌病危，恐驚時日無多，所以張桑急欲找到伊阿爸來見最後一面啦！伊講伊阿爸可能還是在跑船，亦無就是置漁船上鬥腳手，應該住在暖暖一帶啦！

「所以各位 Dear 聽眾朋友、咱尚辛苦的討海兄弟，恁哪是有熟識這位『張井』桑，抑是知影這的『娜娜』後來搬去叨位，請打電話進來啦！幫助咱這位張桑，早日佮伊老爸團圓，感恩，勞力……續落去為大家帶來一條好聽的歌曲……」

錄完節目後，麗音姐在錄音室裡發呆，回想著基隆港全盛時期：外籍水手與荷包滿滿的裝卸工人，整個塞滿貨櫃的港區可謂遍地黃金、燈紅酒綠，那樣的時代氛圍下，誰不是夜夜笙歌？加工外銷出口進口裝貨卸貨等待新的一天，基隆港吞吐著流動的養分，透過海洋仿若血管般的無遠弗屆，滋養這個世界。

3

一大早對面公寓大樓就在裝修，三四隻震動鑽頭打牆壁的間歇噪音，聽起來像是彈藥充沛的特勤隊遇上火力強大的亡命之徒，MP5 衝鋒槍 M16 步槍 AK47 機關槍噠噠噠在屋內你來我往地互相駁火，熱情如火；如同前夜樓上夫妻吵架，不但碗盤齊飛槍林彈雨，還伴隨著液晶電視家電轟炸，相較之下竟也毫不遜色，特別是他家地板連著我家天花板時。

沒有睡飽，到車行立刻被老闆娘一眼看出，叨念著阿林你兩個黑輪掛在臉上是要連人帶車駛進基隆港是不是？老闆娘人其實不錯，就是嘴很利，常常把車行裡的司機念到想翻桌；但其實她獨當一面、苦心經營車行、照顧十幾位司機排班占到最好的地點，光這點就很難不佩服她的能力。

「你等一下去醫院排班，順便載我過去看你們頭家。」

老闆中風住院兩年餘，老闆娘經常搭車行的順風車往返醫院探望，每次都是嘆著氣回來，埋怨自己命苦；雖嘴巴這樣哀聲嘆氣，但實際上車行生意好得很，照護中風的老闆之餘，還讓她在市郊新建大樓買下好幾戶公寓，等著增值之外也當包租婆；我住的地方也是便宜跟她租的，說起來老闆娘真的特別照顧我啦。

既然載老闆娘到醫院了，就在門口排班；我把引擎熄火，打空檔放手煞車，在隊伍前頭的小黃開走一輛時往前推一小段，只有快排到自己時才發動；沒辦法，油價太貴，一整天跑下來扣掉油錢，有時候真的只賺個五六百，基隆就那麼大，不管去哪都跳不了幾次表；所幸下雨天生意較好，這是雨都唯一的恩惠。

不跑車的時候，我大多窩在公寓裡，線上遊戲一連就是晝夜相串；一個視窗化身戰技卓越的特勤隊員與友伴組隊廝殺、另一個視窗身披精鍊盔甲揮舞+8寶劍在公會戰中立下汗馬功勞、還可再開無數個視窗：種菜偷菜、自摸胡牌、打怪尋寶、飆速甩尾……我可以一輩子這樣玩下去，只在必要時出門跑幾趟車，養活自己就可以；雖然已經三十二歲，但我一點都不渴望成家。

家，終究不是像我這樣的人負擔得起的；海事學校肄業後，沒去跑船反而跑來開車，說穿了就是膽怯；害怕海洋的廣袤、恐懼風浪的無情。高職期間和同學搭船去彭佳嶼，三個半小時的船程我的雙手沒有離開過舷邊欄杆，幾乎把膽汁都吐了出來；還是在陸地上安穩，握著方向盤穿梭在大街小巷，心中完全感受不到絲毫恐懼，人，畢竟是天生怕海的。

醫院排班時，看盡人生百態：曾幾何時，陪老人家來看診的外籍看護占據了醫院一角，嘰哩咕嚕說笑著；老船員渾身是病，特別是甲板底下的輪機人員，老來肝肺沒有不出問題的；年輕時獨自站在甲板上破浪前進的討海人，現在拄著枴杖巍巍顫顫想站穩都成問題……這些人身旁，往往一個來陪診的親人都沒有；即使有「家」，也是自己終老居多，那現在就棄權，結局看來也沒啥不同。

每到週末，基隆火車站便湧現攜家帶眷的遊客，上車往往劈頭就問：「司機先生，你們基隆有啥好玩的？」有哇，好幾處砲台：二沙灣頂仔寮大武崙白米甕獅球嶺頂石閣社寮東西砲台……不好玩？也有很多廟宇喔：城隍廟慶安宮奠濟宮平安宮安德宮金山寺開山堂……你們家信耶穌？那帶你們逛古蹟：發電廠司令部港務局招商局淨水廠市役所……小孩沒興趣？

絕大多數乘客，都會在這個時候客氣地說：「司機先生，要不然你載我們到廟口夜市的入口就好了。」嗯，觀光客。

要去觀光的、要去趕遊輪的、要去海釣的、要去吃海產的、要去看房子的、要去接貨櫃的、要去……什麼地方車站的排班司機，能有機會天天載到千奇百怪的乘客？我想非小小的基隆火車站莫屬了。前天要去醫院接老闆娘時，順道載了一個要去醫院探望母親病危的先生，還在後座打查號台問自己失散多年老爸的電話哩！

家，真是一種奇怪的組合。

4

Dear C，我正在前往台北的路上。

整夜趕稿沒睡，猶豫著該搭高鐵或客運，我八點半才從台南出發，後來還是選擇了客運：你知道嗎？搭高鐵雖然只要一個半小時，但無眠的我看起來鐵定很嚇人，我寧願慢慢坐客運北上，醒著的時間也只有停靠台中的十五分鐘，在見面之前至少還能恢復一點氣色。

你大概很難想像，一個女孩子在滿是乘客的國道客運上，放心地熟睡的景況吧？別擔心噢，整車的人都在呼呼大睡呢！

搭高鐵就不能這樣愜意地放心大睡了，一眨眼就到台北，我會有起床氣！

前幾天你說電台收到了一張傳真，要拿給我當成寫作的題材，我還滿好奇那是什麼樣的故事，電話中只記得你說：有個人打一〇四要找他失聯的爸爸，住在暖暖之類的……你說出「暖暖」這個字時，我心臟都快停了，怎麼會有這麼富磁性的聲音噢？我突然對這個地名起了興趣！「暖暖……」感覺是在冷得連高架橋縫隙都快脫落的基隆市裡唯一避開東北季風、或地底有溫泉流過般的可愛小村莊……事實上，我上網 google 之後，才發現原來不是那麼一回事啦！

一六二六年，西班牙人登岸之處，平埔人已建立「NANA」社，「NANA」是平埔族人稱「港口」之意；一八七一年，漢人聚落形成「暖暖莊」，當時大船沿著基隆河可到暖暖渡口，因而曾經繁盛一時。

Dear C，你一定在竊笑著「NANA」這個名字，是啊！就是我們經常拿來開玩笑的「娜娜」噢……

不知從何時開始，遠距離的戀愛中出現了第三者，那就是你身邊虛構的「娜娜」小姐：一個婀娜多姿、身材火辣、切合類戲劇裡狐狸精形象的女人，每每在我疑心病一再復發之際搖擺登場……電話未接、MSN 太慢回、突然變瘦，我就會半開玩笑地問你，是不是又跟娜娜玩得太晚、跟她熱線對談或是操勞過度噢。

有時候這玩笑開習慣了，我常常會真的以為你身邊搞不好真的有個地下女友（抑或，我才是地下女友？），那樣的想像往往讓我心裡下起雨來；一個月見一次面的戀愛真是一大考驗，當初把「娜娜」當成玩笑話，也是為了不想把疑慮憋在心底出了毛病；Dear C，你對我是否真的，真的專情如一？還是身處台北這個處處誘惑的大環境裡，你也曾偷偷因為寂寞，而渴望身邊真的有個「娜娜」？

想到這裡，就連整夜沒睡的我，在搖搖晃晃的客運上也沒有絲毫困倦了。

Dear C，此刻我開始後悔搭客運了，我好想你，應該去搭高鐵的，想以最快的速度來到你身邊，甚至願意提早到達、多坐一段火車到基隆等你下班，聽你敘述那個尋找父親的故事、聽你模仿老闆娘電台賣藥的說詞、一起逛廟口小吃，等回到台北後，抱著你相擁入眠……

我想好下篇小說的主題了，就叫作《NANA》；敘述一個負心離家大半輩子的男人，被情婦騙走了積蓄後，還通通拿去貼小狼狗；呵呵，負心男人的下場就是病倒在醫院裡，還不知道自己兒子也在同一地點探望病危的前妻，最後男人孤獨地……不對，我不能透露結局；Dear C，你若要當負心的男人，下場就自己看著辦吧！

S，北上途中

——本文榮獲二〇一三年基隆海洋小說獎佳作

黃道吉日

己丑年丁卯月初六
宜：出行祭祀塑繪開光治病經絡安床
播種：水稻、蓮藕

傍晚，隨著少女的祈禱遠離，倒完垃圾的鄉民們三三兩兩，像投彈完畢的零式轟炸機群心滿意足地回家，大家共通的話題都是同一件事：明天是農民曆上難得一見的黃道吉日，鄉長嫁女兒，在天后宮廟埕前席開兩百桌，有收到帖子與有榮焉、沒收到帖子的和親朋好友一同前往，幾乎所有人都會參加島上這場僅次於中元普渡的年度盛會、世紀婚禮。

聽說男方是台北的廣告公司經理哪，長得一表人才、電視上那個咖啡廣告還有那句正流行的詞兒都出於他的創意；鄉長女兒也是留洋的高學歷，可真是金童玉女、天造地設的一對呀！

島上洋溢著歡欣鼓舞的喜氣，人人像是自己親戚要結婚一樣，畢竟鄉長平日熱心公務、待人和善又海派豪爽，從基層里長一路扎根，廣結善緣，頗受島民愛戴。

這樣一位好好先生，也是有幾許樹敵；但唯一沒有受邀參加婚禮的，島上就只有他們，開禮儀社鄭姓一家人。

這梁子結得也不冤枉，禮儀社一家本來就沒人緣，從上一代鄭火老風水師開始，這家人一向獨來獨往，不愛與人交際，神祕至極；早年時鄭家並非從事風水相地，而鄭火更是個非常膽小的孩子，特別是非常地怕蛇，諷刺的是他出身於當地捕蛇人之家：爺爺和大叔都是藝高人膽大的捕蛇人，在農忙之餘幾乎是把捉蛇當成興趣；也因此贏得了村里之間的敬仰、和收蛇商帶來的可觀報酬；可能也是因為這樣，在他們幾乎把全島的蛇類全部捉完之際，卻都報應似的命喪蛇吻。那是一個烈日當頭的午後，理應是蛇睡眠的時間，他們聽到村民的描述，去捕捉兩尾沙灘上挖龜蛋的蝮蛇。最後當兩人哀嚎著被抬回來時，村裡面的棺材店老闆一看他們下身發黑出血，就連忙趕著去張羅後事。在他們兩人痛苦地斷氣時，院子裡已經搭好了棚子，道士也趕來準備念超渡經了。

父母親早死、與爺爺大叔相依為命的鄭火陰錯陽差地就被棺材店收養，說也奇怪，原本膽小怕事的鄭火一踏入棺材店這個極陰之地，反而變成正氣昂然、果斷勇敢的個性！鄭火跟著棺材店老闆學了風水相地、入殮撿骨等手藝，出師之後成為島上唯一留下來、沒去台灣工作的年輕一輩；當初就算想走也走不了，整個島上就這一戶能給人辦後事，鄭火師就算是有魚般的身手，也游不出這個島。

家族經營的喪葬服務雖然不馬虎，一家大小跟著第一代鄭火老師父從接體、殮裝、出殯到安葬、撿骨都依循傳統，相當專業；只是見著他們一家的場合，不免是生離死別之時，離島地方忌諱多，經過棺材店大家都不願多張望，這也是無可厚非。

鄉民也避諱或嫌惡，吩咐家裡晚輩別跟他們家小孩深交，久而久之鄭家人更顯孤僻，特別是第二代老闆鄭八哥，工作帶給他數十年如一日的僵硬嚴肅表情，不苟言笑之外還有點目中無人。

八哥這個稱號是因他善於捕捉八哥幼鳥得來，沒有喪儀時，可看他帶著一根長竹竿，上面掛著聽筒，走在路邊就伸進路旁路燈的彎管中聽音；台灣原生種的白嘴八哥已經列為保育類動物，捕捉或販賣都是非法的，但那也只是這一兩年的新法，而且越禁止越會讓價格水漲船高；這種捕鳥絕技成為鄭家第二代的招牌，而他這綽號還有一個原因：他穿起黑西裝，在喪禮上用千篇一律的聲調導引祭禮流程、嚴肅犀利的眼神與音調也很像黑羽白喙的八哥。

兩年前他跑去鄉公所找鄉長拍桌子理論，為什麼公立的火葬場、納骨塔與民間業者簽約大小眼？還得要有什麼國家證照的殯葬業才能簽約，這樣他們這種傳統葬儀社怎麼生存？

早在不久前，各家大型連鎖禮儀社便從本島延伸擴張勢力範圍，渡海而來搶食這黑色服務的市場；他們有著企業化經營與先知先覺的情報，穿著整齊筆挺的西裝與燙金的名片，從鄉長到公所的社會文化課多多少少都見識過他們「禮數」多麼周到；因此，島上有什麼望族家中有人去世，或是在台灣的親人大體要運回島上安葬，社會文化課自然第一時間就讓這些業者知道消息。

對這種不公現象，鄭八哥早就不滿到極點了，再怎麼說他們也是在地五十年的老禮儀社，撇開台灣本島運回離島這段服務不說，現在連在地的「生意」幾乎都被台灣的大公司拿走了；鄉長雙手一攤，說：「老鄭，你們家那套已經過時了，現在講的是證照啊！沒有證照我也愛莫能助……」

鄉長說的雖然也是事實：殯葬業漸漸走向立法規範管理的方向，雖然是一件好事，卻也讓許多傳統的葬儀社面臨考驗。

鄭八哥氣不過，撂下一句：「走著瞧！大家相堵得到！」就這一句平凡不過的氣話，從禮儀社老闆口中說出來就變成了觸霉頭的賭咒……還記得那個無聊的腦筋急轉彎嗎？棺材店不能播放什麼音樂？答案是「總有一天等到你」。

從此兩人在各大小公祭白場碰面，再也不打招呼。

鄭八哥一家搭的靈堂，鄉長就藉故不去上香或是草草離去。

鄉長主持的公祭，鄭八哥就刻意把助念錄音帶放得比較大聲。

己丑年丁卯月丙辰日

宜：祈福出行納采冠笄嫁娶動土起基安門移徙造廟開市池井安香入殮成

除服移柩破土安葬謝土

時局：吉時子午酉亥　喜神玉堂

農民曆上超級良辰吉日宜嫁娶的這天，對鄉長而言，可不是這麼一帆風順。

首先當然是迎娶，男方是台北人，父母過世得早，所以婚宴就跟歸寧同一天舉行，中午婚宴在台北大飯店裡席開三十六桌，宴請男方公司同事與好朋友，為此鄉長一家人還得提前一天到台北的飯店下榻；婚宴結束，下午行程緊湊地搭機回澎湖再轉搭交通船，趕上晚間盛大舉辦女方歸寧，光想就知道是一場忙得人仰馬翻的婚禮。

講到這個，鄉長就不高興，小倆口工作繁忙不好請假他可以理解，但是好日子更是可遇不可求，所以結婚歸寧同一天就算了，可是偏偏習俗上女方歸寧不能拖到太陽下山後，這一點鄉長一直掛心介意、抱怨連連。

歸寧拖到太陽下山後，男方只好留在島上過夜；可是偏偏習俗上不能讓男方留宿在娘家，所以他還得另外找民宿安置這個女婿！鄉長真是越想越氣，怎麼嫁個女兒好像在招待觀光客一樣？

另外一件煩心的事是：結婚男方只在台北宴請三十六桌、比起島上這場歸寧近兩百桌的天差地別，這點鄉長也頗有微詞；說起來這兩百桌的排場，也是鄉長自己虛榮心作祟，認為自己身為地方父母官，掌上明珠出嫁怎麼可以小家子氣？

只是比起後來受的氣，這一切都算小事。

等到婚宴當天，人在台北的鄉長搭電梯上到飯店裡的婚宴現場時，一看差點沒昏倒，還以為他們帶錯路了。

原本以為小倆口做廣告的創意多一些，婚宴會場也頂多布置得像是西式禮堂那樣燦爛輝煌……這也很符合鄉長的期盼，畢竟島上的婚宴千篇一律，很少到台北的眾鄉親們一定很想見識見識都市年輕人的婚禮。

誰也沒想到，在他們廣告公司同事們通力合作下，滿場白花黑布，搞得活像是舉辦告別式的靈堂一樣！兩個新人的大頭照掛在正中，雙邊還垂墜鵝黃色的幕簾……鄉長一看雙眼一黑，差點翻臉破口大罵，從島上一起過來的親友們更是下巴快要掉到飯店地毯上；但現場包括男方上司，也就是主婚人、還有據稱是廣告界的菁英鬼才們齊聚一堂，全都對這個婚禮會場布置巧思與創意讚不絕口，紛紛輪番向鄉長稱讚女婿：

「真是創意十足！恭喜恭喜……」一個頭髮染成白色的國字臉道賀。

「太猛了！太屌了！恭喜恭喜……」全身皮衣的龐克年輕人道賀。

「用黑色幽默諷刺婚姻的精神層面與現實關係上的微妙象徵，太棒了！恭喜恭喜……」穿著黑西裝黑襯衫黑長褲黑皮鞋臉色慘白的詭異上司道賀，他活像個公祭主持人，根本不像是來參加婚禮的。

若沒有這些緩頰，鄉長在隨行的親友和民代面前還真的掛不住老臉；他幾度偷偷想轉頭罵女兒不懂事，但是不曉得從哪裡生出來的這麼多的數位相機，同時對著主桌的親友們閃爍著鎂光燈；原來大夥人手一台數位相機，幾乎把拍照當成一種瘋狂的嗜好般拍個沒完……大概就連台北人，也很少見識到這樣的婚禮會場。

鄉長搞不懂年輕人的創意，高齡八十一歲的老母親更是完全無法理解，不停地問鄉長到底是誰死啦？鄉長只能鐵青著臉不說話，老母親神智已不是那麼清楚，反正一下子就忘記發生過的事，這種大逆不道的情況還真難找理由搪塞。

一場嘻嘻鬧鬧、拚酒喧譁的婚宴，所有廣告界鬼才們喝了酒後，互相腦力激盪，碰撞出無比邪惡的灌酒惡整招數，把鄉長的女兒女婿整了個慘兮兮，也讓離島來的鄉親們算是開了眼界：高跟鞋酒杯、特調醬汁雞尾酒這些根本沒什麼，舌吻的種草莓的掀裙子的猜內褲的騎馬打仗的……一群年輕人玩瘋了，只有女方家長跟親屬這幾桌鐵青著臉，柳橙汁一瓶接著一瓶乾掉。

傍晚時分，一行人終於浩浩蕩蕩回到島上時，鄉長的心情才漸漸釋懷舒緩些；進到熟悉的街區、看到廟口的排場和舞台，鄉長頗有感慨：也許平常紅白場跑多了，這次輪到自己嫁女兒，怎麼說也得像個樣子才行。

此起彼落的鞭炮聲炸得所有屋頂上的瓦片都起了共鳴，鄉親舊識一一誠懇地敬酒恭賀，鄉長又重拾「大家長」的身分地位，終於一吐白天的悶氣；喜宴直到入夜，大家歡醉盡興，舞台上仍迴盪著不曉得是鄉代還是里長上台唱著「愛情喲咿喲咿喲咿～」的歌聲。

己丑年丁卯月癸亥日
宜：日值月破大耗為最不吉之凶神，只宜破屋壞垣餘事不取
忌：出行造廟橋船入宅入殮安葬
煞：南
沖：龍五十八歲、蛇八十一歲

過沒幾天，鄉長的老母親過世了。

前幾天還能走能進食，沒想到不知道是婚禮奔波兩島之間太累還是受了風寒，說聲有點疲勞，一躺下就沒再起來……送醫後就陷入彌留狀態，沒多久就逝世了，快得讓人措手不及。

兩個新人被罵了個狗血淋頭，鄉長把一切都歸咎於那告別式般的婚宴，真是觸霉頭剋死了老祖宗；兩人的蜜月被取消，還要召回島上奔喪，但女兒抵死不從，跟老爸在電話中大吵一架：她認為婚宴不過兩三個小時，歸寧卻從晚上七點，在吹著強勁寒冷海風中的廟口整整拖到了十一二點，老爸酩酊大醉才肯放親朋好友回家，

她認為這才是老奶奶傷風感冒的原因。

鄉長母親雖然也算壽齡，並沒有受太多苦就壽終正寢了，但喪事接在喜事後頭，還是讓鄉長大受打擊；女兒嫁出去，老母親也辭世了，這個家只剩他跟太太互相依靠著，一時之間很難以接受。

許多鄉民也同感哀傷，鄉長父親是日據時代島上唯一的醫生，那個時代能到日本讀到醫生學位的台灣學生不多，更別說是澎湖人了，所以回國後格外受到尊敬；許多鄉民都還記得當時島上第一台偉士牌側邊車，就是醫生載著醫生娘出去「往診」的交通工具。

老醫生過世後，人稱醫生娘的鄉長母親全心教子，並鼓勵當時只是年輕小夥子的鄉長投入地方政治，從里長開始做起；醫生娘備受鄉紳民眾尊重，所以鄉長一路仕途順遂，只是後來鄉長母親年事漸高，記憶逸失識人不明，前幾年島上舉辦環島公路自行車比賽，鄉長母親堅持煮了青草茶給自行車選手們裝壺，騎到一半路途所有選手直衝廁所；這件事讓所有鄉民體認到：以前精明幹練的醫生娘已經不敵歲月，雖然她仍然慈祥和藹。

可以想見「治喪」在鄉長心中，定是不可輕忽的大事了；難就難在老母親陷入彌留前，唯一交代過後事是在好幾年前，當著親族晚輩面前說過：「後事就交給島上鄭火師的後代鄭家辦。」、「凡是擇日、選地、後事大小都交給鄭火師處理，頭家過身時也是火師送行的，我也要給同一家引路。」

高堂有命，鄉長本來不敢不從；然而他跟鄭八哥結怨在先，現在怎麼可能拉得下臉去找他？更何況老母親一拔管，大公司渡海而來的禮儀師們早就在門外等著，遺體袋陀羅尼經被冰櫃車一應俱全，主管帶頭擠出幾滴眼淚，像個至交老友一樣撫肩柔聲安慰著鄉長……

接老母親回到家時，家門外已經搭好靈堂，效率之高令人咋舌：助念團久候多時、西裝筆挺的資深禮儀師排排站、豪華氣派的靈堂把家門前的馬路占去了大半，連遺照都早已備妥？

上萬朵白菊黃魂帛、白魂幡迎風哀悽地飄。

鄉長一看這排場，感覺像是什麼大人物公祭似的，哀痛混著虛榮心一時又湧上心頭；禮儀公司主管在旁邊一一說明他們的用心，還有這一切都是鄉長平時造福鄉里、熱心公益又對本公司特別關照，所以所有費用都會給您最低的折扣……

己丑年丁卯月辛酉日
宜：掛匾栽種求嗣出火入宅移徙安床安門開市交易立券
忌：訂盟合帳會親友割蜜作染安碓磑磨破土安葬

本想就順水推舟，把母親喪事就交給大公司處理的鄉長，隔天起床後，怎麼看那靈堂就怎麼不順眼。

就跟女兒結婚時，女婿廣告公司搞出的那一套如出一轍；感覺簡直就像同一家公司去搭的一樣，莊嚴肅穆得毫無可挑剔之處；他看過鄭八哥他們搭的靈堂，又小又簡陋，竹架到處外露、鮮花又少又萎，簡直不能相比。

但他就是覺得遺照上老母親在生悶氣。

冰櫃也不能相比，火化棺、骨灰罈的選擇有初中高級三種一整本目錄可選，塔位是縣立納骨塔最高級的位置，也算是大公司回報吧？鄭家哪裡弄得出這麼體面的安排？

但他就是覺得冰櫃裡老母親在生悶氣。

接下來幾天，遇到要化妝、入殮納棺、發訃聞的日子，就頻頻出狀況：幾乎不下雨的島上，天天下大雨、訃聞校了三遍還是印錯、妝化不上去、換壽衣關節彎不起來……鄉長跟禮儀師們心裡都發毛了。

「打電話給鄭八哥！」鄉長最後也不得不投降。

己丑年丁卯月丙子日
宜：日值三喪凶日只宜祭祀出行解除宜事不取
忌：動土安葬移柩餘事不宜
沖：生肖沖鼠
時局：凶時辰巳酉亥

鄭八哥一人到達後，冷冷地叫他們把靈堂給拆了。

「你這半撇都沒學會的土公仔！憑什麼叫我們拆靈堂？」禮儀公司主管急了，他派出公司裡最資深的禮儀師，投入不少人力與成本搭靈堂，沒想到狀況連連，鄉長眼看就要失去耐性。

「這靈堂擋住青龍要道、方位還有形式都得路衝、煞地氣；而且根本不需要蓋那麼大……」

鄉長雖然不喜歡這靈堂，但眼見要拆還是有點不捨：「可是，公祭時總得要有個場地給人瞻仰上香，我是鄉長……」

「你是鄉長或誰都一樣，你母親已巳年生肖蛇，跟你家老醫生一樣不能用鋪張的靈堂，而且方位一定要朝東不能向南才能化沖。」

接著鄭八哥一家陸續帶著工具到來，全家一聲不吭地精準分工搭好另一個小小靈堂；禮儀公司一票人乾瞪著眼，看他們對老母親遺體誦了一段經，俐落順利就換好壽衣、上好妝，連下了三天的雨也停了。

鄭八哥點了三炷清香，對醫生娘的大體默默凝神注視，目光透出無比的尊重與謙卑。

自知這場鄉長家的喪禮是接不成了，主管帶頭跟鄭八哥鞠躬。

「不好意思，鄭師父，剛剛是我無禮了……師父請不要見怪，可否讓我們在一旁幫忙，給我們晚輩一個學習機會……」

鄭八哥當然知道這些大公司的禮儀師想些什麼，也搬出招牌的孤傲回應：「肖鼠、龍、虎的不能逗留在這裡，其他的不用幫忙啦！我們幾個人就夠了，不用幫倒忙啦！」

倒是鄉長受不了一群人在小小靈堂繞來繞去，沒好氣地把禮儀公司的人通通趕走了。

己丑年丁卯月戊寅日
宜：宜訂盟修墳合壽木入殮成除服安葬，餘事不取
忌：求嗣開光嫁娶入宅
沖：虎，煞東

強勁的東北季風吹了整個冬天，春天來臨也帶來好消息，鄉長的女兒生了個白白胖胖的小男嬰；遠在台北的電話那頭小倆口高興得聲音發抖，一直要鄉長趕快搭下一班飛機來看看這新生命是多麼可愛。

醫生娘的葬禮告一段落後，鄉長總覺得好像還欠了什麼人情；孫子出生後，他忙完了近期的公務，請了三天的假飛到台灣看嬰兒；回到島上後，他帶著女兒女婿

特別擺了一桌酒席來跟鄭八哥賠罪，希望修好。

「鄭兄，之前是我不對，公所配額的塔位也不是我一個人的，上面規定要有營登之外，還要有技術士證照的殯葬業者才能申請，不是我刁難你們家啊！你千萬不要放在心上……」

鄭八哥也稍稍收斂起高傲的態度，說：「考證照也是趨勢啦，我們這行以前就是艱苦人的活、沒人要做的事，就是上一代傳下來所以就不敢放掉……」說著乾了一杯酒，話題繞回來：「時代在進步，我兒子也去考那個叫作什麼喪禮服務技術士的證照了……有規定就照規定走，大家都好做事。我們是比較不懂什麼行銷包裝，比較吃虧是真的啦！」

鄉長聽了忙不迭敬酒又附和：「對啦，以後就叫那個社會文化課的多多注意一下，多多關照我們島上的自己人啦！」

對於未來回不回島上，鄭八哥並沒有強求兒子，甚至要不要繼續接這個衣缽也從不勉強；畢竟這是經常接觸死亡的行業，總是有許多不為人知的無奈。

鄭八哥的兒子在台灣讀大學，也正在連鎖禮儀公司打工當助手，順便補習準備考禮儀師的證照；大公司畢竟有大公司的制度與優點，能夠學到許多傳統葬儀文化需要改進的地方……不管是泱泱大陸或是蕞爾小島，對於生離死別這種事情一樣都不能馬虎，這就是人們需要這些「送行者」的緣故。

喝到酒酣耳熟，鄉長轉頭對在一旁陪宴倒酒的女婿說：「喂！你們做廣告的，也幫忙鄭伯伯想一想，怎麼弄得像人家大公司那樣，至少門面要氣派一點啊！」

女婿完全聽不懂岳父的意思，是要設計ＤＭ還是要拍廣告？只知道尷尬陪笑倒酒，重修親家關係。這個台北來的廣告人最近愛上了澎湖的風景，接連幾個企畫都在鄰近的離島取景拍攝……還說沒去成的蜜月乾脆就租個無人島體驗不一樣的感受，氣得鄉長女兒一個人提早回台北加班。

「不過，鄭兄啊！我還是不明白，我母親的後事，為什麼連個大公司都狀況連連，遇到你就順順利利？難道經驗真的有差？」

鄭八哥思索良久，緩緩地說：「經驗差不到哪去，他們有他們的優點，頂多我姓鄭的不圖你什麼好處……

「醫生娘肯讓我好做事，我想是因為我們兩家上一代都是惜福積陰德的老實人，以前這島就你們家老醫生給人醫病診治德高望重，所有島上出生的人，大部分都是老醫生接生的……我家老父為人相地安葬，也是憑著良心做事；一個接生、一個送死，都奉一個『誠心無私』的念頭，也難怪你家老醫生跟醫生娘都指名要找我鄭家送，可能感覺像是老朋友送行一樣吧？」

島民多討海，重互助、生死與共的情感造就獨特的離島團結意識；從以前鄭火師還在為人相地擇日的時代，鄉長的父親同時也是受人尊重的醫生；彼時醫療資源缺乏，許多島民等不到下一艘補給船上的藥品，因此錯失了康復的機會，但至少只要有個醫生在島上，就算沒有藥也能讓人心安不少；老醫師與鄭火師就像生死兩極的差使，見著了醫生彷彿見著了救星；而若是落到要找鄭火師的地步，恐怕也是回天乏術之時的路了；至少見著了鄭火師，就知道有人會給將死之親人安安穩穩地送上黃泉路，是另一種層面的心安。

老鄉長幾乎都忘了，自己這麼受人尊敬、愛戴的理由，並不是因為自己是個多麼能幹的父母官！而是因為祖上的庇蔭，老醫生的遺風讓島民們轉移了敬仰之心！當年老醫生離開時，鄭火師正在另一個島上辦法事，聽到消息卻又不能放下手上的道儀，心急如焚地遲了一天一夜才趕回島上；老醫生停放在廳堂裡，家人遵從著他的遺言不敢隨意搬動大體……鄭火師十萬火急地趕回來時，也是先在老醫生遺體前燃起三炷清香，注視良久……

兩位長輩雖然都不多話，平日也很少交談，但島民們都知道他們對彼此的職業的尊崇；這年頭，無論是誰呼風喚雨或是平淡度日，最終領得到的都只是一張死亡證明書；多少島民的這紙證書，是從老醫生手中開出，交到鄭火師手中確認……有了這張紙，鄭火師才肯焚香誦經，牽引魂魄向西方極樂世界去，否則無論誰說誰命已絕，鄭火師都不會答應先作任何處置。

也許就是這樣的緣分吧？鄉長與鄭八哥聊起父親那一輩的事，彷彿就像墜入這個小島的歷史渦流中……

夜漸漸深了。

己丑年己巳月丙寅日　立夏
宜：剃頭整手足甲問名訂盟會親友結網塞穴破土入殮
忌：捕捉安機械伐木做梁
沖：兔，煞西

鄉長的孫子滿月酒這天，也逢天德六合的黃道吉日；酒宴相當意外地低調簡樸，只邀請親族熟識，在自家圍一圓桌請客。

白白胖胖的孫子逗得鄉長樂不可支，剛好小倆口在台北根本無暇照顧，鄉長與太太馬上自告奮勇要幫忙帶小孩；反正鄉長還有一年就屆滿退休，也不能繼續連任了，就在家含飴弄孫享享清福也不錯。

孫子的姓名是鄭八哥依照生辰八字去合出來的，鄉長高興極了，現在兩家修好，鄉長與鄭八哥更是事必共商：舉凡工程動土、公墓遷葬、寺廟開光或是大小喜喪之事，社會文化課就知道要請勘輿專家鄭師父來坐鎮一下；說也奇怪，這個沒事就愛捕鳥的怪脾氣男人還真有一套，只要有他在，往往能逢凶化吉。

鄭家經營的葬儀社也與台灣本島來的大公司結盟，接體與入殮、祭儀等工作各司其職、互相配合；其實說穿了也不過就是一個信念：一起良性競爭或是惡性競爭的差別罷了……差別在於這行業是摸著良心做事，惡性競爭損的也是自己的陰德，倒不如尊重對方的專業與能力，大家都能有所自律。

澎湖的海風與夕陽有種醉人的顏色，愛抱著外孫，邊哼唱著〈外婆的澎湖灣〉邊散步的鄉長，發覺只要放寬心、行善助人、外加不那麼計較面子問題，那麼每一天都是黃道吉日、百無禁忌……

若遇到有人問起：寶貝外孫給鄭八哥命名，怎麼不忌諱鄭家的風水相術是送死人在用的？鄉長會爽朗一笑：「哈！這個島上有誰比他們家積的陰德還多？」

消失的樂園

1

夜晚在子彈飛舞的每個街角等待著瞬間變成白晝，這城市中所有瘋狂的一切我都了然於心。不論是穿著清涼的檳榔西施、或是逞兇鬥狠的飆車少年，都被阻隔在這幽暗陰森的城堡之外，如果我是個警察，那麼這城市鐵定少不了我的熱情，只是現在的我卻得坐在這個荒廢多時的百貨公司裡，與惡劣的蚊蟲以及漫漫長夜搏鬥，外面街道上的熙來攘往與我並沒有太大的交集。

東帝士是個結束營業的舊百貨大樓，位於逐漸沒落的小北商圈，這裡曾是台南市民的重要回憶之一；這是我第五天上班的地方，已經沒有任何商業活動的一個大空屋，業主尚未決定如何處理之前就先請我們保全公司來守著，一守就是五六年。

工作的內容很輕鬆：只要定時巡邏每個樓層、防止遊民侵入或是破壞、以及做一些日常性的維護工作就可以了。雖然如此，一個大學畢業的學生來做這種工作實在是有些不適應。自從我退伍之後就一直處於失業狀態，好不容易應徵到的保全公司卻告訴我居安防護與戒送運鈔車的缺都已經額滿了，只剩下工廠守衛和駐守百貨公司這兩種缺，我寧可站在百貨公司樓下指揮交通，也不要到工廠的守衛室去讓人看笑話，沒想到卻是到這種已經結束營業、等待拆除的地方來餵蚊子。剛接到通知時我差點瞬間崩潰，公司的主管連忙安慰我說這只是暫時性的，等這邊的工作告一段落就要安排我做運鈔車戒送，雖然比較危險，但是那至少不會讓人瞧不起。

所以我寧願待在這裡，過著彷彿與世隔絕的生活，雖然這麼說有點誇張，但是除了和我一起值夜班的同事老吳之外，工作的時間裡並沒有機會接觸到外面的人群。我們在一樓大廳裡原本是服務台的地方設立一個巡邏哨，平常大夜班沒事就坐在那裡泡茶聊天，軍職退休後的老吳將這裡幾乎改裝成他的第二個家，把電鍋冰箱收音機通通搬過來了。他是個脾氣古怪的老頭，共事那麼多天從沒給我好臉色看過，巡邏樓層也總是倚老偷懶差遣我一個人去，平時卻老愛抓著我講他當年在軍中有多風光，猛灌我那些苦澀不堪的劣等茶。他老人家最愛將普洱茶和烏龍茶混在一起喝，再配上幾顆外殼看來已經發霉的落花生，嘴裡嘖嘖作響，每次我看見這幅光景，想到接下來的日子，就會覺得腦袋發癢，想拿把椅子砸碎落地窗、逃得越遠越好。

糟糕的還不止這些：在每兩個小時一次的定時巡邏途中，會遇見一群不知從哪裡跑進來的野貓，牠們不怕我只怕老吳，只要有他在就絕對不會出現。那些野貓看到我就尾隨在後，有的可憐兮兮有的語帶威脅口氣地喵喵叫個不停，一次我受不了那哀求，特地從外面的便利商店買貓罐頭回來，從此牠們看到我就像看到老鼠一樣窮追不捨。每天半夜看著牠們狼吞虎嚥的模樣，還有迴盪在整個中庭，啪嚓啪嚓的巨大進食聲，我就會覺得自己一定有點問題，把頭皮抓得火辣辣的，還絕望地祈求不要就這麼瘋掉了……

我想我的壓力大部分是來自於回憶，空無一人的商店街，曾經陪伴著我的成長：小時候最期待的事情，莫過於週末時全家一起來逛這間百貨公司，那時候每樣東西都很新奇、美食街的簡餐特別好吃；學生時代常常來買唱片、和朋友一起蹺課到頂樓打電動；好幾次帶女朋友來看電影，散場後在頂樓手牽手散步……這裡到處充滿回憶，如今卻要面對她殘破老舊的模樣，我太念舊、懷念過去的人潮，所以才會無法適應現在的蕭索冷清。

2

過了兩個禮拜，一切開始變得不正常。我漸漸習慣一個人巡邏、每天固定餵一次貓群，也因此和便利商店的櫃檯小姐混得很熟，她看我每天都買貓食，以為我一定家裡養了一群貓。

放假的日子，我成天泡在網路咖啡店裡，幾乎什麼也不做，只是觀看。觀看著十來歲的少年以連線的戰爭遊戲殺死了隔壁座位的同班同學，血腥畫面餵飽了這群少年的好鬥天性。就在那裡，同一個位置上，稍早之前來了一個疲倦的中年人，看得出來是被生活中一切大小事情磨損得很嚴重的那一型：從老婆的吵鬧到醫生的忠告、從汽車的公里數到公寓的管理費，所有的事情都持續地將他磨損殆盡。所以他來了，並且在螢幕上敲出一行一行熱切問候的文字，抓住每一個機會對聊天室裡疑似女性的網友不斷地獻殷勤、或者故作憂鬱……我知道他在想什麼，不久他就會興奮地抓起車鑰匙、連皺巴巴的西裝都差點忘記拿就衝了出去，為他的不幸生活找尋一點刺激。在他對面隱密座位的胖胖大學生似乎更飢渴，一雙眼直盯著螢幕上的裸女，眼角餘光不時飄來飄去、深怕別人發現他的小快樂，只是他還是遺漏背後站了個小學生，從放學後就背著書包溜到這裡，提早接受科技進步的洗禮……我預估十分鐘後他的媽媽就要找上門來了。

這就是我們現代社會中的網咖眾生相，這樣的畫面或許有些人很熟悉，或許覺得沒什麼……我卻認為這是個消磨時間的好地方，人多的地方到處都是，但在百貨公司或是街上，卻很少有機會能清楚地看見每個人臉上的喜怒哀樂、慾望和兇殘本性……我可以一整天都坐在這裡，觀察別人、同時也讓別人觀察我。

我想有人也和我一樣，偷偷地在觀察別人。今天當我坐在電腦前假裝上網時，有人使用區域通信的功能傳了一封短訊到我的機器上，大意是問我有沒有空、要不要出去吃點東西之類的話。在我常來的這家網咖裡，設有區域網路連線的功能，也就是說只要知道對方桌號，就能在電腦的主選單畫面中傳送文字訊息給對方，這項方便的程式使得這裡成為網友初次見面、祕密約會以及網路援交的勝地，我推測目前所遇到的狀況大概是屬於後者，聽店員說常常有一些蹺課的學生妹來這裡，以這種方式將男人約出去，到賓館之後趁著對方洗澡的時候捲款潛逃。我很好奇對方是什麼樣的人，居然會看上我，所以就答應對方，十分鐘後在隔街的肯德基門口碰面。

當我在肯德基前面，像肯德基爺爺一樣站了大約二十分鐘後，我很確定是被耍了，正要轉身離開時，有個女孩子勾住了我的手臂、二話不說低頭拉著我就往前走……

「對不起，」女孩子說，「最近奇怪的人很多，不得不小心一點……」我們就這樣走了兩條街，這段期間我低頭看著她胸口前的塑膠項鍊筆不停地甩來甩去，那種搖頭店裡分發給客人、筆蓋是高音哨子的那一種。她身上穿著碎花連身洋裝，沒有化妝，看起來也不像會去網路援交的女孩子。我對於自己目前被拖著走的窘境，不曉得為什麼一點擔心的心情都沒有。

「妳所說的奇怪的人，是指警察嗎？」最後我們停在一家日本料理前面，我突然想起來我身上只有幾百塊。「等一下，我們要吃這個嗎？我身上……」她轉過來盯著我瞧，然後笑了起來，「別擔心……」她笑得有點賊，「我確定你不是奇怪的人，頂多是大樓的警衛罷了……」然後一邊笑一邊走進店裡。

我第一次害怕了眼前的女孩子。

3

雖然百般不願，但是那天晚上我還是準時回到工作崗位上，喝完了老吳的普洱烏龍茶、聽完了十二點整的即時新聞廣播，準備要去巡視樓層時，那個邪惡的老頭子叫住了我。

「喂！年輕人，我問你：你有沒有餵那些該死的野貓吃東西啊？最近看牠們好像越來越囂張似的？」

「沒有啊。」我懶得跟他囉唆，既然他討厭野貓，也就不必讓他知道這件事情。我拿起手電筒，往一樓西側樓梯方向走去。

「最好不是，養那些畜生有啥用？我告訴你……」他又把我叫住，「最近我懷疑有流浪漢偷跑進來，你注意聽啊……我發現有些可疑的保麗龍碗留在三樓的北側逃生門那裡，搞不好是那些傢伙弄的。」

「知道了，我會注意的。」我心裡笑他的愚蠢，那些碗明明是我餵貓用的，怎麼會讓他突發奇想？他老人家膽小也就算了，一定是白天巡邏時看到那幾個碗，才想到要用這些小事來嚇嚇我罷了。那黑心變態老吳就愛在我夜間巡樓之前故作神祕、或是講一些鬼故事來嚇我，有種怎麼不敢跟我一起去巡邏呢？我不太搭理他，摸了摸腰際的伸縮警棍就逕自上樓。

上樓後我拐到寄物櫃前，拿出我早就藏在那裡的貓食和小罐的伏特加，往三樓走。一開始還會害怕夜間巡邏時，曾經想藉酒壯膽而買了伏特加，只喝幾口的話老吳也聞不出來；沒想到最近我發現忙裡偷閒是一件好事，找個沒人的地方喝個微醺，也比較能夠忍受這座寂靜荒蕪的城堡。

我一邊走邊就著瓶口灌酒，心裡還在想著白天的事，但是卻想不出有什麼合理的解釋：她不是想找援交的對象嗎？不管她是為了錢還是純粹想打發無聊的時間，都沒有理由找上我，更奇怪的是她還知道我的工作？也許那是瞎猜的吧？不過也太巧了……不管是什麼樣的目的，陌生的女孩接近男孩有一種危險的味道，想到這裡就覺得有點可怕，還好今天沒有發生什麼事。

我特地把貓群引到四樓，換個地方餵食。老吳恐怕已經知道我餵貓的事，還是小心一點好……四樓有個原來是咖啡廳的空間，玻璃門關上以後聲音就比較不會傳出去。而且在這裡可以眺望整個城市的夜景。被貓群圍繞、獨酌片刻、沉溺心情，可以暫時忘掉工作的卑微。正當我陶醉在自己的祕密花園、心思天馬行空之際，有一個聲音毫無預警地出現在我的左後方。

「原來你上班時間偷喝酒呀？」女孩子的聲音。

我全身寒毛豎立、腎上腺素急劇分泌、胃抽筋、腦袋充血……我立刻跳起來「誰！出來！」轉身握住警棍，那該死的扣環扣得太緊，想拔卻拔不出來。「不要裝神弄鬼！趕快出來！」我的雙腿發軟、我的聲音在發抖、我的大腦告訴我的身體：快跑！可是我連根手指都動不了……

「怎麼了？下午才剛見過面就忘了我了？」女孩子從黑暗中走到手電筒的光圈中。除了這個房間之外，夜晚在每個子彈飛舞的街道等待著瞬間變成白晝，而周圍的空氣凝固，我第二次害怕了眼前的女孩子。

「是妳!?」我揉揉眼睛，「妳到底是誰？」我差點問她是人是鬼。

「……」

「妳到底是誰？有什麼目的？」我再問了一次，「妳為什麼要跟著我？」

女孩子以極度緩慢而毫無攻擊性的慢動作往我靠近，展示了她沒有任何武器的雙手拿走我的伏特加酒瓶，打開來喝了一口。

「你不用緊張……」她把瓶子遞還給我，「我是你的朋友。」

「朋友？我只看過妳一次而已，更何況那是……」

「是我安排好的？沒錯！我們注意你很久了。」

「你們？」

女孩轉身蹲下來撫摸貓群，我彷彿墜入濃霧迷宮之中，感覺麻煩的藤蔓已經漸漸將我纏繞綑綁，突然發現我全身都在流汗。

「你還真好心，每天餵這群小傢伙。」女孩子說。

「等一下，妳還沒有回答我的問題……『你們』到底是什麼人？為什麼會注意我？還有，妳到底是怎麼進來的？」

她站起來看著我，然後看著我背後的夜景好一會兒，害我也跟著轉過頭去看看有沒有什麼東西……

「我們需要你的幫助……因為我觀察你很久了，所以我覺得你是個可以信賴的人。如果你答應幫助我們，並能夠保守祕密的話，我就回答你所有的疑問。」女孩冷不防冒出這一串話，我把眼神從外面的世界拉回。

看來好像沒什麼討價還價的餘地了。

「只要不是做壞事。」姑且問問。

「不算壞事。」她語帶保留。

「好吧，除了錢之外的事情，我要做些什麼？」

「不要你的錢……」女孩子似乎很高興，「走，跟我來！我帶你去見幾個朋友，路上再告訴你詳細情形。」她像下午一樣，挽著我的胳臂就拖著走。

「等一下，我還在值勤啊……」

「沒關係，就在這棟大樓裡！」女孩賊賊地笑著。

她把大部分的情況跟我說了一遍，可是我還是難以置信：在這個廢棄的百貨公司裡，除了我和老吳、野貓之外，還住著幾個遊民，也就是流浪漢。我壓根就不相信，但是她很認真、看起來也不像神經病，女孩說他們住在裡面已經有一段時間了，平時躲在鐵門緊閉的商家裡，無聲無息地過日子，只求個遮風避雨的地方。「他們」一共有四個人，都來自不同的地方：分別是一個老人、一個五十幾歲的中年人還有個年輕小夥子，加上女孩子，「就像一家人一樣互相幫忙哦……」女孩這樣說，但是我根本無法想像那種情況，就算真的有人躲在這裡的某個角落不被警衛發現好了，他們要如何生活呢？除了巡邏哨的一樓大廳有電源供應之外，其他地方幾乎是漆黑一片啊！

「你自己看了就知道……」女孩帶我穿過一些堆滿雜物的通道、打開一些看起來已上鎖的商家、甚至拐進一兩個我完全不知道的暗門裡，來到了位於五樓西側的一個廢棄餐廳廚房門外。

「進去吧……」她摸出一把鑰匙，打開門、一陣怪味迎面而來。

4

我握住警棍走了進去，映入眼簾的是一盞小小的燈，買一條萬寶路淡菸就會贈送的那種，使用四顆乾電池的野營燈。透過昏暗的燈光，我看見兩個人躺在地上的厚紙板，似乎正在睡覺，房間裡有一大堆吃剩的空罐頭、便當盒和幾個礦泉水瓶。我聞到的怪味道也許就是從那堆垃圾裡散發的，女孩走到窗戶旁邊打開一條縫讓空氣稍微流進來。窗戶整片用報紙貼得密不透光。

「不好意思，這裡很亂……」女孩很抱歉地說。

這時候躺在地上的其中之一醒來，發出微弱的聲音說：「小璐……妳帶妳說的那個人來啦……？」女孩趕緊過去將他扶起，讓那老人靠著牆壁坐著。「李伯……你今天覺得怎麼樣？」「還好……」李伯坐起身之後，用一雙混濁的眼神打量我，但是我卻沒有不自在的感覺，也許根本就不必要感到不自在，非法入侵別人私有土地的是他們。

「喂！這太離譜了吧？你們把這裡搞成這個樣子，要是讓上面的人知道的話，我可是要被革職的呀！」我耐住性子，想要衡量一下目前的處境，但是除了意識到腋下流了不少汗之外，什麼也沒辦法想。李伯和小璐對看了一眼，接著慢條斯理地對我說：「年輕人，我了解你的感受……相信我，我老李不會害你的……或許也可以說是幫助你自己……也說不定……」

「幫助我自己？怎麼幫？我看這次保全工作出了這麼大的紕漏，我以後一定很難在這一行混飯吃了……」

「我老李看不出來你喜歡這份工作……」

「喂……阿伯，你的意思是，叫我乾脆不用幹了，和你們一起流落街頭，是不是？」我動了肝火，等我發現自己說錯話時，馬上發覺女孩在旁邊怒目瞪視我。

「你以為我們喜歡這樣子嗎？」雖然壓低聲音，但還是感覺得到她的憤怒。

「好了…小璐，妳到外面去守著……我擔心另一個跑來找人，就危險了……」

「哼！我真是看錯你了……」女孩說著，氣呼呼地走出門外。

「對不起呀……小璐這孩子不壞……就是個性衝了點……」李伯賠不是，我反而覺得過意不去，「沒什麼，我說錯話了。」

「你沒有說錯話……但是我們也不是真的願意這樣躲躲藏藏過日子；唉，想一想還真是悲哀……這世界那麼大……要找個容身之處還真不容易……」

「難道你們沒有家人嗎？」

「本來是有的，但不見得有家人……就保證回得了家啊……」李伯說完，旁邊躺著的中年人突然坐起身來，嚇了我一跳，原來他剛才都是裝睡。

「小夥子！你還年輕，所以不見得了解這個社會的黑暗。」他拿出一包壓扁的白長壽，自己點了一根，「誰會願意窩在這種鬼地方……我以前大陸東南亞到處跑，賺的錢多到自己沒時間花，這樣拚死拚活的還不都是為了家庭？好啦！等到我被人騙了，公司被併吞、老婆帶著小孩跑了、我回到台灣時，連停在機場的車子都給法院吊走查封了！誰管你以前多風光……李伯以前也是，國營事業幹了四十幾年，退休之後原本該享清福啦……可他那幾個不孝的兒子就爭著要分家產，搞了半天，便宜都占盡了，卻沒人要奉養李伯，把他送到個破養老院去。有天一把火燒了個精光，李伯自己逃了出來……這事恐怕他們還不知道，搞了個省錢的告別式就這樣算了呢！」他說完，又點了一根香菸，深深吸一口，然後像是要把所有不滿通通吐出來一樣，向空中重重地噴了一堆煙。

5

我開始幫助他們：首先是觀察老吳的行動，打探消息。我每天提早一個小時上班，下班後還特地留下來和他攀交情……很簡單，我只要買瓶蔘茸酒請他喝，他就會開心地咧嘴大笑、硬是拖著我講他當年帶部隊的事。

這對我而言是一種苦刑，但還是有幾次我套出他白天「追查敵軍」的情況：他先到管理室去，找出結束營業後部分商家繳回的鐵門鑰匙，一間一間開始清查。遇到沒有鑰匙的就先跳過，打算日後請他的鎖匠老同袍來幫忙……這樣下去早晚會被發現，因此我幾乎每天將老吳灌得醉醺醺的、讓他幾乎沒有餘力去搜索整棟大樓。

我實在搞不懂自己，為什麼要這麼熱心去淌這灘渾水，就好像我根本不知道為什麼要餵那群野貓一樣，難道只是純粹同情嗎？當我到便利商店買酒和罐頭，掏出皮夾要付帳時，看到了皮夾裡的身分證，我想我大概懂了一些。我把這個社會給我的身分證放進皮夾裡，微笑地度過每一天，卻沒有想過在這個社會允許的範圍之外還有一些人，他們躲在陰暗的角落、在夾縫中掙扎著要活下去；我曾經期許自己擔任警職，是因為可以去幫助許多人，但如果今天我真的是個警察，到底能夠為他們做些什麼？

我帶著一種有點失落的情緒，回到工作崗位上。老吳躺在摺椅上睡覺，也許昨天喝太多了……在確定他不是裝睡之後，我上樓找李伯，和他說了我和正邦見面的事。他似乎一點也不意外，整個廚房只有李伯一個人，他看起來似乎沒什麼精神，講話的聲音很微弱。

「其他人都到哪裡去了？」

「阿盛去找工作了……小璐……大概又跑出去玩了吧……這孩子在想什麼……沒有人知道。」

「這樣啊？」我不敢告訴他小璐可能有援助交際的事，最近我聽網咖裡的人說：常常看見那女孩約男人出去。

「小璐離家出走，好像是因為家庭問題吧……」李伯嘆了一口氣，「她真是個堅強的孩子……雖然她剛來時渾身是傷，但沒多久就看她又打起精神了……可能是因為這裡都是男人吧？所以後來她就很少回來睡了，應該是有回家去看過，要不然就是住朋友那裡了……」

我實在無法想像一個女孩子在外面過生活的情形……小璐是讓我覺得和「遊民」這個詞最格格不入的人，再怎麼說，這個年紀的女孩子應該是要在大學裡面盡情歡笑、讀書或是交男朋友的時候，為什麼會……？

「李伯，我心裡有個疑問：因為我從沒遇過像你們這樣悲慘的人，所以我實在不知道要怎麼樣幫助你們……我的家庭很平凡、長這麼大也沒有遇過什麼挫折、更沒有嘗過流落街頭的滋味。即使如此，為什麼我的心裡還是充滿苦惱？」我把心裡的話說出來。

「孩子，如果你回到過去，不論是什麼時代，就會發現今日的社會比過去任何一個時代都要來得野蠻。我指的是人的心哪，在這個我們以文明自居的時代裡，處處可見野獸般的行為。就算是沒什麼大罪大惡的市井小民，在面對別人的痛苦時也都非常冷漠……可是啊，如果你能保有一顆善良的心，就算不是警察……也時時都能幫助別人啊……我老李說的沒錯吧？你是不是覺得現在的工作微不足道呢？」

李伯凝視著我的眼睛，「如果你只是想幫助這個社會……那，你只要認真地當個好人就可以了……一個好的社會，不就是由一群好人所組成的嗎？」

6

走道上遇見小璐，她似乎在等我。

「樓下來了一個奇怪的人，和你同事在討論什麼……你最好趕快下去看看。」小璐一見面就告訴我。

「我知道了……我會下去看看，妳進去看看李伯，他好像不太舒服。」

「李伯他是輕度中風、加上年歲已高，所以……」

「什麼？」

「你趕快下去，我會照顧他的……」小璐催我走。

「對了，妳這幾天跑哪去了？」我本來想問個清楚，「不是你想的那樣子……」她別過頭去。

我從小璐她平時出入的祕道繞到建築外，再從上班的門口跑進去，大廳的巡邏哨除了老吳之外還有另一個穿西裝男子。我裝作很喘的樣子：「對不起……老吳……路上塞車……所以遲到了。」

老吳和西裝男同時轉過來看我，我發現他看我的眼神有點不一樣，而且也不像宿醉的樣子……該不會？

「來，小兄弟，我跟你介紹：這位先生是T集團的開發部經理，葉先生。」老吳讓我搬了張椅子坐下。西裝男和我握手，他身材微胖頭頂微禿、年約四十。無法讓人產生好感的生意人類型，我覺得。

「我這次來是給兩位傳達一個訊息。你們也知道，這裡的業主，也就是本集團，一直想要重新利用這塊閒置的土地，你們也知道，在這麼高檔的路段，放了個這麼大的建築養蚊子，實在是說不過去。過去我一直向公司建議，這裡可以拆除重建、重新規劃，讓市民有更好的消費場所……但是礙於資金以及企畫的缺乏，公司的意思是暫時留置，並請你們保全公司負責看管……你們也知道，集團最近資金調度……」

這時老吳插嘴了：「葉先生的意思是，這裡最近就要拆掉重建啦！我們就可以不必在這裡餵蚊子，你也可以調回運鈔車戒送那裡了……」

這下可糟了！拆除重建？那小璐他們……「怎麼這麼突然？不是說短期之內沒有計畫拆除嗎？」

「原本是這樣子沒錯……」葉先生說，「但是最近由於我聽吳先生說，這裡在管理以及治安上都有些維護上的困難，吳先生說他發現有疑似流浪漢入侵的痕跡，如果再放任不管的話，恐怕會成為一個犯罪的溫床……於是我就趁機對上面的人呈報上去啦……結果上面的人也很擔心這樣的情況發生，正乾著急呢！正好，我的朋友是K集團的專案企畫，他手上正好有一個購物中心的案子……於是我就也順便報上去，看看上頭意思怎麼樣……」

「什麼時候要拆？」我心裡急了起來。

「最快下個月，不過……」西裝男頓了一下，老吳接下去說：「不過要等我們先會同管區，把整棟建築清查過了才開始。」說完老吳轉過頭來盯著我，「小兄弟啊，你最近……有沒有發現什麼異常之處呀？」

該死！他知道了！「沒……沒什麼異常啊。」

「喔……我這邊倒是有些線索……一到四樓我都查過了，但是五樓……好像有點怪怪的……」

葉先生急忙問道：「吳先生，你是說真的有流浪漢躲在五樓？」

「有沒有等一下我們就知道了，我已經通知管區，待會他們會來和我們會合，一起上樓揪出那些寄生蟲！等一下你也要和我們一起上去，這是警衛的職責所在！」

可惡！這下該怎麼辦？

7

半個小時後，正好是晚上十二點左右，轄區警力封鎖了一樓的四個出口，另外有三名荷槍實彈的警員和我們三人來到五樓，我的臉色發青，但不是害怕處分或是革職，而是真的擔心李伯他們的遭遇。

然而當警察破門而入之後，卻發現此地空無一人，只剩下滿地垃圾與菸蒂。老吳與葉先生面面相覷，警察更是來回踱步，忙著拍照搜證；原本不敢進去的我，此時鬆了一口氣，卻怎麼也想不透……

「我知道了！」老吳大叫，「他們一定逃到頂樓去了，只剩下那裡可以躲……」

「頂樓？頂樓是做什麼的？」警察問，

「頂樓是一個小型的遊樂園，有海盜船、摩天輪還有旋轉木馬等……」葉先生忙著回答，「但是往頂樓的通道早就封死了啊！」

所有的人都亂成一團，此時是個大好機會，我站在門外往後退了幾步，拔腿就跑，一直跑到通往頂樓唯一的樓梯口時，看見小璐站在那裡。

「快……跟我來！」她推開一個紙箱，挽著我的手往頂樓跑。

到了頂樓，李伯與阿盛都在那裡。李伯的情況很不好，靠在椅子上不停喘氣；阿盛的腳邊已經丟了五六根菸蒂，全都抽不到一半。

「現在怎麼辦？他們很快就會追上來了……」我急得像熱鍋上的螞蟻，這時頂樓突然發出巨大的嗡嗡聲響，電源與燈光啪一下子全部打開。旋轉木馬開始運作，摩天輪也發出一閃一閃的霓虹燈光……

「糟了！他們把電源打開，這樣子真的無處可躲了！」我說。

「唉……沒想到我辛苦地找工作，卻還是來不及帶你們逃出去……」阿盛看起來很自責，從口袋裡又掏出香菸。

「阿盛……這不是你的錯，」李伯用盡力氣地說：「要怪就怪……我這沒用的老頭，如果不是我……拖累你們……」

「夠了！你們不要再責怪自己了！既然事情都已經到了這個地步……」小璐轉過頭來牽著我的手，「謝謝你為我們做的一切……」她牽著我，緩緩走向老舊的摩天輪。

「喂！都什麼時候了，妳還要去哪裡？」阿盛在背後叫著。

「我有話要和他說……」她的眼睛噙滿淚水，「與其悲哀地被抓，我寧願在被抓之前，還能擁有個快樂回憶……」說完她牽著我的手登上了摩天輪……

我和小璐按了啟動紐，然後跑步跳上老舊生鏽的摩天輪。我不知打哪來的勇氣，居然敢把性命交給這個多年沒啟動沒保養的破玩意，聽著它發出嘎嘎的聲響搖搖晃晃地上升，我緊緊握住小璐的手。

「害怕嗎？」

「有一點……」

她把頭靠在我的肩膀上，「如果我們就這樣子掉下去了……你會不會怪我？」

「你不怪我害你捲進這些麻煩裡嗎？」

「我不知道……」我真的不知道，到底是被捲進麻煩裡，還是我自己跳進去的……我只知道小璐現在靠在我身上，讓我覺得溫暖幸福，而忘記了危險……

「以前我爸爸常常打我，」她緩緩地說著，聲調就像一首哀傷的曲子，「後來還對我性侵害……我真的受不了那種生活了，所以就逃出來，然後遇見了李伯和阿盛，那一段時……我們真的好像一家人一樣！真正的一家人……」她沉默了一會，

「我從不知道這城市的夜景這麼美……」

「我常常在網咖裡釣男人……說出來你會介意嗎？」

「不知道該不該介意……」我說。

「一開始是純粹騙那些蠢蛋，開了房間，等他們洗澡時拿了錢包就跑……可是後來，也遇過幾個不錯的好人，有的甚至要包養我，但是我都拒絕了。」

我抱著小璐、聽她說話，她所訴說的事情我不但不介意，反而有種得到證實的放心感覺。因為夜晚正在子彈飛舞的每個街角、等待著瞬間變成白晝，這城市中所有瘋狂的一切……我都了然於心，在這個小小而搖搖欲墜的摩天輪裡，恐懼與悲傷正等待著瞬間變成寬容與愛情。

然後我聽見摩天輪下面一陣騷動，我和小璐相視而笑。沒什麼，人生總得有一些風風雨雨，才會活得精采……

當我們緩慢地轉回起點時，李伯和阿盛被警察押住，葉先生與老吳站在前面瞪著我先走下去。

「臭小子！我就知道你和那些人渣是一國的！你居然幫著他們違法入侵、破壞私人物品，還敢在這裡泡妞？你是不是不想幹啦!?」老吳氣急敗壞開口罵人。

「沒錯！我就是不想幹了！」我說完，看著李伯。

如果一個夢想擱置得太久，而從未去實現的話，那麼那個夢想總有一天……會以惡夢的姿態出現。我還沒找到自己的夢想，或許永遠也找不到，只是此刻我很確定我的夢想不在這裡。

「王先生，我真是想不到你是這種人，」葉先生冷嘲熱諷，「貴保全公司的職員，好像不是每個都像吳先生這麼敬業啊？我想……這些遊民的入侵以及破壞物品的刑責……你大概也脫不了責任吧……」

我們僵在那裡，但是當小璐從摩天輪裡出來後，事情有了戲劇化的轉折……

首先是趾高氣昂的葉先生……他一看到小璐就失聲尖叫：

「啊！！！！怎麼是妳？妳這個賤人！快把我的東西還來！」

我丈二金剛摸不著腦袋，回頭望著小璐……

「真巧呀！『藍色男孩』……怎麼會在這裡遇見你呢？」

「妳還裝蒜！妳那天在飯店裡落跑，還偷了我的公事包！那裡面有重要的企畫案呢！警察先生，把這女的抓起來！她是小偷！小偷！！！」

「等一下！你這個老不修！色胚！在網路上誘拐未成年少女從事性交易！你以為你會沒事嗎？」

「哼……妳根本就跑掉了！哪來的性交易？」

「我可不這麼認為喲……我收了你的錢呀！還有，有沒有開房間，去調飯店的監視錄影帶就知道了……」

西裝男葉先生陡然一驚，「簡……簡直是胡說八道！警察先生，趕快把她抓起來……」但是小璐又乘勝追擊：

「還有你那份企畫案，我早就看完了……裡面的『附件三』的資料……好像是你朋友和你談好的回扣部分……是不是？看你相貌堂堂，沒想到居然吃裡扒外、幫著別的公司來拆自己公司的大樓……如果我把這份資料交給警方、或是貴集團的主管，再加上誘拐未成年少女的罪名……我看你敢不敢和我們玉石俱焚！」

葉先生整個人癱在地上，顯然是被小璐的氣勢給將了一軍，過了一會才回過神來，向她說：「算了算了……如果妳肯把公事包還我，我就不對你們提什麼告訴了……警察先生，我想私下和解……」

「等一下！葉先生！你不可以向這些人渣低頭啊……」老吳很生氣，跑上前指著小璐的鼻子說：「妳這個小鬼，居然敢這樣跟大人說話！跑到別人的地盤上，還敢這麼囂張!?」

「你也不是什麼好東西，把工作的地方改裝成自己家也就算了，別以為沒人知道你最近偷搬了多少商家沒帶走的貨品出去變賣！」小璐劈哩啪啦又是一串，「說好聽一點是清查樓層，但是我好幾次看見你把別人不要的樣品鞋打包、拿到跳蚤市場去賣，有一次我還看見你大白天摟著一個光溜溜的假人跳舞……」

「夠啦夠啦！！不要再說啦！算老子怕了妳了……我告訴妳，只要你們在拆除前趕快搬走，這次的事情就算啦……這樣可以嗎，小姑娘？」老吳面紅耳赤……

看來「假人」對他而言是致命傷。

「這還差不多……」小璐高興地轉過頭來看著我，我啞口無言，已經不曉得第幾次……我害怕起眼前的這個女孩子了……

8

一年後我和小璐經過這棟大樓，外觀看起來一點也沒有要拆除的感覺。雖然景物沒變，人物的改變卻滿多的：小璐現在是我的女朋友，我們各自找到一份穩定的工作，安分知足地生活著。

李伯走了……也許流浪的折磨更加重了他病情，唯一欣慰的是他的子女也改變了不少，知道李伯流浪的事，個個痛哭失聲、帶著悔恨的心替他辦了第二次喪事，雖然改變得太晚，但總比沒有好……

阿盛找到工作了，在連鎖餐廳當廚師，從零開始。他說要為自己好好活下去，總有一天，要成為另一家連鎖餐廳的老闆。

雖然我還沒有找到我的夢想、雖然在現實社會中，可能根本不允許夢想的存在，但是我會一邊尋找、一邊堅持著活下去，而且一定要做個「好人」，因為如果你想幫助一個社會，就非得從自己做起……一個好的社會，不就是由一群好人所組成的嗎？

——本文榮獲二〇〇一年府城文學獎短篇小說正獎

WASD

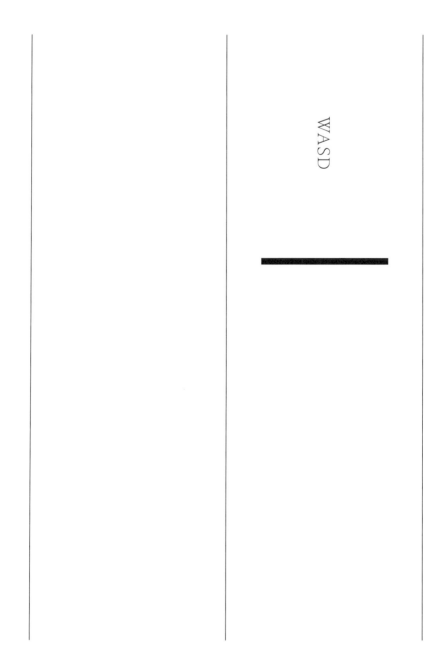

1

白晝時分假寐於床，我睜眼凝望。

一盞從未熄滅的燈，彷彿烙印在天花板上的等號「＝」。

此時——約莫是下午時分吧？透著毛玻璃滿室日光燁燁，天花板上兩支二十燭光的日光燈管顯得萎靡而不實在，盯久了更加虛幻起來：兩條發光的平行線，像虛擬世界的某種破綻，那條狀的光逐漸合為一條縫，縫裡是造物者的程式碼……

那盞二十燭光的日光燈，無論白天或夜晚所消耗的電量都是一樣的。

為什麼阿嬤說白天不關燈是浪費能源？她又不進我房間，就算我需要它在此時毫無作用地亮著，也跟她毫無關聯啊！

可是我偏偏從不關掉這等號。白晝午後盯著一盞不被需要的燈，有種無法理解的平靜感覺——等到稍晚，太陽西下，白天的暑熱漸漸消散，這座城市會有幾百萬盞燈順應著幾百萬人的意志而點亮、熄滅、閃爍、炫出七彩光芒，但那都比不上這等號，這恆星般水銀氣體離子雲霧雷雷交錯射出紫外線三波長晝白光，它揭示著某種平衡的道理。但在午後強烈西晒日照之下，輸得像一支劣等科幻片裡試驗失敗的試管玻璃。

虛度光陰。

這是我在兩支日光燈管合成的縫隙裡窺見的字句。

起床後，我動作緩慢地攀上電腦桌，搖了搖滑鼠喚醒休眠的遊戲畫面，同時試著漸漸恢復關節的可動性：人有一種不疑有他的惰性，會往最不複雜的生活方式沉陷下去。

Log in，當紅茶翻倒在桌面之際，我顧不得團練戰得正酣，忽地拔身站起來躲避四溢的茶湯，翻找著衛生紙大爆粗口。此時此刻，我迅速痛恨起一切：整個國家、油電雙漲、被阿嬤藏起的冷氣遙控器、天氣悶熱、冰紅茶、無業……全部加起來讓我更加痛恨自己，這個殘渣般的人生。

在如同地獄般的電腦桌前，我狼狽地抽著衛生紙盡量吸附滲透到鍵盤裡的紅茶，心疼的感覺讓我咬緊牙關：這把花了六千多塊錢的機械式紅軸可不是一般的薄膜鍵盤，專門為了電競而買來的高級品萬萬不可毀在一杯二十塊錢的手搖杯假古早味紅茶上。說起這機械式鍵盤，原本是電腦剛發明之際就因應而生的硬體技術，但隨著時代進步，追求輕薄安靜低成本的趨勢便是催生新規格薄膜式鍵盤，沒想到打起來喀啦作響的老古董卻擁有反饋明確與電子接點耐用等等優勢，反而成為一種特定族群的高級品——追求打字手感的寫手、辦公室裡的雅痞，還有就是像我這樣成天窩在電腦前面的「玩家」，機械式鍵盤反應迅速，可以同時按下十幾個按鍵的特點，最適合線上遊戲快速切換指令和發出群組訊息的需求。

抹去桌上的水漬，菸蒂與早已乾枯發霉的橘皮順便掃進垃圾桶裡……電腦螢幕上出現隊友的呼叫：「斷線了？」「幹，中離要踢出去喔！」「少一個人掩護怎麼衝堡壘啊……」指責怒罵四起……但鍵盤黏膩讓我不得不忽視那些訊息，把鍵帽一顆顆全都拔下來水洗；機械式鍵盤的另一個好處是：如果不是整把鍵盤浸到水裡，只是從鍵盤上面倒入液體的話，通常是不會淹到隱藏在鍵帽裡的電子接點的，只要把鍵盤裡的水分吸乾，不要長螞蟻或發霉什麼的，基本上這把鍵盤還可以用很久。

「故意不回，把他踢出去啦！」

沒了鍵盤，我等於沒有了口；不能回應，只能眼睜睜被踢出遊戲室；這些嗜血的死宅男完全沒有所謂同伴情誼，不管跟他們打過多少次征戰，一旦沒有利用價值立刻恢復陌生網友的關聯；我也是這該死的嗜血的宅男電玩咖當中的一員，當然能夠理解被踢出這個小圈圈的理由。我一點都不稀罕，網路上多的是幾千個像是這樣的小圈圈：我們根本不用真的認識彼此，只需要一起虛度某些光陰就可以了。

生命本來就是無賴般地持續。

惡習的重複，酗酒賭博打老婆小孩搞七捻三爭家產，日常中的重複性就像宿命牢牢釘死每一個人；無賴恆常就是無賴，善人恆善，絕大多數的人一輩子當中都沒有真正的領悟或悔改，從受胎的那一刻起確定了命運與性格，然後終其一生都不會改變，重複。

任何人只要認為一個成年人整天窩在電腦前，不做正事純粹只是打電動這件事情毫無出息，那麼他肯定是在某方面誤解了電競比賽這件事，另一方面也可以說是徹頭徹尾看穿我這種無賴人生的底牌；沉迷網路遊戲當然是毫無意義的虛擲人生，但也有人把它當成為國爭光的理想化目標（或藉口）；雖然說到最後總像是詭辯般無法洗脫我等之輩身上裹覆著頑強的汙垢般的負面印象，但說真的：一直以來順著「社會」這個容器演化適應、循著千百年來人性弱點與根深柢固的惰性不斷地墜入社會底層本來就是無比合理的規則，我們這些人注定就是被遺棄、被淘汰、被篩落、被汙衊、被瞧不起的無產階級；沼澤淺層掙扎的孑孓、只會長成黑霧中盲目的蚊蚋。

黑霧中的蚊蚋，僅靠腦神經的簡單迴路生活，僅依靠狹長細小的口器啜食；上一次好好地吃一個便當是什麼時候了？大概是三四天前吧……我一次叫外送的五杯半糖紅茶冰可以撐三天，其中有時候會踅到廚房拿一兩個阿嬤買的空漢堡包，夾果醬或花生醬回房間吃。為什麼阿嬤要買整箱整箱的漢堡包呢？大概是單價便宜又有上下兩片白麵包，那摳得要命的老太婆大概覺得：這就是世界上最有C/P值的東西了。

2

我覺得世界上唯一有C/P值的物品，只有我那組機械鍵盤而已。

唯有敲擊那爽脆的紅軸彈簧樞紐發出的喀啦喀啦聲讓我覺得自己還活著。說起來一點也不誇張，我的雙手十根手指已經牢牢記住那紅軸的反饋力道了；每當我和艾薇兒傳訊息時，十根手指完美轉譯腦中的思緒化為螢幕上的文字句句，如果不是這麼清脆的鍵盤敲擊我必定無法組織那些令人費解又帶有些微憂鬱的文字，例如：「艾薇兒，愛情就是一種傾斜但互補的平衡狀態，重點是互相尊重……」或是「艾薇兒，人與人之間求的不過就是一種互相擁抱的溫度……」；當然我不否認這是一心想要約她出來見面的故作姿態，但是在燥熱的夏夜裡，素未謀面的年輕男女（姑且相信對方是女性），在電腦前面一聊到天明，四五萬次的鍵盤敲擊數對我來說，像是一曲漫長繁複又龐雜的奏鳴曲，而我是黑夜裡的鋼琴師。

艾薇兒是一個很有個性的女孩，她在 facebook 上的「關於」中寫著：

「來自黑寡婦的警告：

想要靠近我，要有被榨乾血液、提領靈魂的心理準備。」

雖然是有點「中二」的自我介紹，但打開相簿，一堆龐克風、哥德羅莉風的穿著照片映入眼內，是個冷豔型的女孩！我不懂，網路上好多好多美眉，對於在某個小圈子裡享有高度關注非常地渴求，語不驚人死不休，上傳的照片也是一張比一張火辣……

我喜歡艾薇兒每天都會拍攝自己黑絲襪的照片，她在臉書上寫道：無論怎麼穿搭，每天必備的行頭是黑絲襪「我很喜歡買絲襪、而且也很常常弄壞絲襪呀……」據她的描述，她在一間非常小的貨運公司當會計，每天穿著黑絲襪上班總是搞得幾個男送貨員同事心亂如麻，老闆夥計們之間爭風吃醋的結果，讓她在公司裡反而更加難受，卻無法改變自己有意無意勾引男人的習慣。

「穿黑絲襪讓我覺得自己很性感唷！我好喜歡男人的眼光在我雙腿上逗留的感覺，那是我最有女人味的地方……。」

私底下我們用網路聊天時，她告訴我：有時候，一個星期大概有一兩天，她的上班情緒會變得很糟，往往沒有任何徵兆與解釋。她會在那天散發出黑色的、冷冽嚴酷的氣息，所有同事都會識相地不拿黃色笑話來騷擾她；回家以後，跟父親吃著外面自助餐買回來的晚餐時，艾薇兒的臉色難看到極致，早已離婚變得沉默寡言的父親便會更加沉默……艾薇兒邊吃著飯邊掉淚，沒拿筷子的左手伸到餐桌底下，開始勾破自己腿上的絲襪……

「我爸聽到我在撕褲襪的聲音，就會像個做錯事的小孩一樣，匆匆把飯扒完……隔天下班時，客廳桌上便會放著新的黑絲襪或褲襪喔。」艾薇兒的文字在黑夜中閃爍著光芒，我吞了一口口水，趕快喝下一大口紅茶。

我好想好想跟她見面，但無論怎麼樣邀約，她都 key 出彷彿幽谷裡頭千百年才照進的燦爛陽光般的回應：「我有『注視恐懼症』喔！除了穿著黑絲襪的腿之外，只要人家一盯著我的臉猛瞧，我就會緊張到不行，所以不能和你見面啦……」

灑過甜膩紅茶的鍵帽清洗後，我逐顆裝回機械式鍵盤的底座，卻發現有四顆熱昇華印刷的鍵帽上頭的字母磨到都消失了！未能確認鍵帽位置所以暫時沒裝上，鍵盤面留下一個「山」型的空缺，四顆磨得光滑如骨的鍵帽散在一旁，像是被毆落的牙齒。

這四個鍵是「W、A、S、D」。

我當然知道這四個鍵上的印刷字體怎麼被磨掉的：FPS（第一人視角射擊遊戲）中，「W、A、S、D」剛好是「前、左、後、右」四個方向鍵，在經年累月的團練與獨自作戰中，「W、A、S、D」這四個鍵正是我所有方向動作的控制鈕，在加上「SPACE」鍵（跳躍）、「SHIFT」（蹲下），在遊戲地圖中可以完成前後偵搜、伏擊、快攻、閃躲與潛行等等所有動作。

相較於其他鍵帽，這大概是我最常按壓的四個按鍵吧？一場遊戲中，四根手指至少有一根是絕對緊緊壓住其中一個按鍵，不管是衝鋒陷陣或是克敵機先，沒有這四顆方向鍵就等於是一株等死的活靶。這是我的雙腳，我的方向，即使當我被敵軍格斃後，這仍是操作靈魂模式的視角穿梭沙場的唯一方法。

整整六年的時間，我最常按壓的按鍵就是「W、A、S、D」。而這四個鍵對我而言，若有什麼其他的意義，那也就是「虛度光陰」。

艾薇兒上線後，我連忙將磨得光禿禿的四顆鍵帽裝回鍵盤上，敲她。

「Hi 妳今晚心情好嗎？」

「……」

「要不要出來見個面啊？」

「……」

「我今天真倒楣，在鍵盤上打翻了紅茶，只好把鍵帽都拔下來洗，剛剛才裝回去……」

「……」

「裝回去時才發現：我把鍵盤上W、A、S、D四顆按鍵上的字通通磨掉了。」

「那又怎樣？」

「嘿嘿，那是熱昇華印上去的耶！照理說不會磨掉才對喔……」

「好無聊……你要見面嗎？」

「咦？？妳說真的嗎？」

我作夢才想得到會有這麼一天，艾薇兒居然答應和我見面了！直到此時此刻我才意識到，我只是一個又胖又不好看的三十七歲阿宅，六年來的離群索居讓我已經徹底忘記與異性單獨見面會是怎麼樣的一場冒險！我又應該作什麼樣的準備……一時之間我竟然慌亂了起來！

「不想見面嗎？」艾薇兒在螢幕那頭發來訊息。

「當然想！」

「車站前的摩斯漢堡見。」

「現……現在？」

「對啊，不要就算了……」

「當然要，但是要怎麼相認？摩斯漢堡人爆多的耶……」

「……你就帶那四顆磨光的鍵盤放在桌上吧。至於我……我會穿黑色吊帶絲襪。」

黑色吊帶絲襪？

3

火車站附近的摩斯漢堡，整間速食店幾乎被補習空檔或等待父母親接駁的學生占據，他們選定習慣的位置，和同學死黨圈一起坐下來K書、看漫畫或是拿出

PSP、NDSL連線對戰，或一手捏著薯條一手飛快地拇指彈打手機簡訊……他們彼此鮮少交談，若有也只是秀給對方看手機螢幕，大家習慣相聚，但這個情境跟新款手機發表體驗會差不多。

一個綁著馬尾的可愛女孩上樓，以我的眼光來說可以說是萌爆了，跟在她身旁的，是一個從未見過、穿著同校制服的女同學，率性短髮、書包上別著不知道哪一國的軍階和五顏六色的徽章。

髮禁解除和觀念漸漸開放後，同齡的女孩子很常見到中性的裝扮；尤其這個年紀的女孩子，一部分會開始特別注重外在美：髮飾、耳環之外，有些下了課之後甚至畫上淡妝，特別想要表現出「女性」特質；另一部分的女孩子會走向中性化的打扮，短髮、垮褲、寬鬆的潮T，刻意抹除外表女性化的特徵。

但那短頭髮女生已經超出中性的定義了，刻意模仿起男性才會出現的舉止：走路外八、神態睥睨嚼著口香糖、學校的運動長褲刻意拉低，露出裡面 CK 男性四角褲的褲頭。

短頭髮女生跟馬尾同學在自己座位的小小隔間中嬉鬧著、互相說著悄悄話，然後便毫不遮掩地接吻起來。

我就像自己做錯事被逮到一樣，居然連忙低下頭來假裝吃東西！

我真是宅在家裡太久了，外面的世界什麼時候變成這樣子了啊？

現在的年輕人，怎麼有辦法這麼無視旁人的眼光啊？

兩人接吻了有四五十秒之久，但周圍的同學居然眼神掃過也沒有太多驚訝，一副「這就是火車站前摩斯漢堡每天晚間七點左右會上演的戲碼」的模樣；打簡訊的繼續打簡訊、K書的繼續解題背公式、打電動的繼續過關斬將放大絕、明天要考英文的繼續和手上的單字卡玩一二三木頭人……接吻的聲音有點大，頂多抬起頭來看了一眼繼續做自己的事情，連露出「噢，又來了」的不耐煩表情都沒有，彷彿呼吸一樣自然。

接下來的事情更是令我瞠目結舌：短頭髮女生索吻後，頭倚靠在馬尾同學的胸部上瞇著眼假寐了起來，一手還不規矩地在餐桌底下游移、探進馬尾同學的學生裙底……馬尾女同學突然一震，臉上霎時一陣紅暈。

那一瞬間，我的下體有了劇烈的反應！嘴邊忍不住發出了小聲的驚嘆：

「靠……」

沒想到在人聲雜沓的速食店中，這句輕嘆卻不偏不倚傳達到那短頭髮女生的耳朵裡；只見她張開眼睛，正好與我的眼神對上！她立刻抽出馬尾女生裙裡的那隻手，翻起身朝我走來。

「喂！死變態，你在看什麼看？」短頭髮女生一副盛氣凌人的樣子，周圍幾桌的學生似乎察覺到有什麼不對，紛紛轉過頭來看熱鬧。

「啥？……我，我沒有啊？」我嚇了一跳，站了起來。雖然比短頭髮女生高出一個頭，但卻一點氣勢也沒有。

「還沒有？你他媽的一臉色瞇瞇的樣子是在看啥小？」她的聲音更大聲了！整個摩斯漢堡二樓座位區，大概有一半的人停下手邊正在做的事，轉向這裡。

「我問你是在看啥小，你聽不懂是不是啊？」幾乎快震破我的耳膜了。

「誰，誰說我在看妳？我只是剛好轉過去而已。」我縮著脖子四下張望，完蛋了！我的氣勢完全輸她，周圍的人一副看好戲的樣子……

「還說沒有？我看你一臉痴肥的樣子，就是個色瞇瞇的死宅男！交不到女朋友跑來這邊亂偷窺是吧？幹！」短髮女抄起一旁桌上的飲料杯，揭開杯蓋就往我身上潑！足足有半杯的雪碧連同冰塊直接潑灑到我上衣的襯衫上！這可是我為了這次約會好不容易找出的體面外出服裝啊！此刻我的窘態大概是我這輩子最丟臉的時刻吧？被矮自己一個頭的女同性戀教訓，眾人圍觀下還不敢作任何反擊，簡直是無地自容到了極點，我真的不應該隨便出門的啊！

突然，人群之中跳出一個黑衣人，朝著短頭髮女孩左臉頰給了一記黑色閃電般的呼掌「啪——」一聲清澈響亮得像是賽跑時的鳴槍。

「不要太囂張！」黑衣人竟然是個女生！

仔細一看：煙燻妝、挑染一縷紅髮、穿著黑色鏤空有金屬釘裝飾的連身短褲裝，大腿部分白晃晃得教人很難不盯著瞧，尤其是那從短褲裡頭延伸到大腿的絲襪吊帶，加上黑色長筒皮靴，活像個 cosplayer 的裝扮……

這不是艾薇兒放在 facebook 上的照片嗎？

雖然我一直懷疑那極可能只是盜圖。

「死三八！關妳屁事喔？」短頭髮女孩如大夢初醒，大概沒有料到自己會在眾人面前挨上這記偷襲。

「我最看不起妳這種假蕾絲邊，在公開場合做這些噁心的事還不知羞愧！」

「妳說什麼？妳有膽再說一次！」對方再度提高音量，聳起雙肩握拳，像隻弓起背的貓，似乎下一秒就會撲上前去！

「我說，像妳這種穿一條四角褲就以為自己可以變成T的假蕾絲邊，在公開場合摟摟抱抱既噁心又黏膩，還為自己這樣就是與眾不同，其實骨子裡一樣只是個爛咖！拿著爸媽的錢來補習卻蹺課等著晚班公車回家裝乖，書包裡裝著學校制服對吧？等一下搞不好連內褲也會換回小熊內褲變回乖女兒吧？」

「妳……妳他媽的在胡說八道什麼？我幹！！！！」短頭髮女生被激怒，終於張牙舞爪地撲向艾薇兒！我的天哪！這短短幾十秒之間發生的事，比起我所經歷的所有線上戰局還要刺激！

我確信這種違和感，大概就是這個世界的破綻。在模擬理論中，這個世界是一個巨大的騙局：一個穿著垮褲的短頭髮少女在空中朝著穿著吊帶黑絲襪的少女飛撲而來，我正站在揭露這騙局的臨界點，如果有什麼地方可以按個暫停就好了。

如果天花板上的兩根平行日光燈管，是這場3D模擬騙局的暫停鍵就好了。

「呀啊啊啊啊！！！」當我回過神來，兩個女生已經在地上扭打成一團了，旁邊的人鼓譟著喧鬧著！還有人大聲叫好！

「喂喂……妳們兩個別打了……」我終於從嘴裡發出微弱的勸架聲，但這囁嚅的微弱話語當然沒有傳達到她們的耳朵裡。

「我肏～臭婊子！」我發誓這些不堪的話語出自一個高中女生的嘴裡。

「他媽的！死太妹～」我發誓這第一次見面的網友在我面前用膝蓋猛力地頂擊一個高中女生的下腹部。

簡直就是少女版的《鬥陣俱樂部》。

4

在警察局裡，我們毫無意外地被當成三個怪咖，嚴格說起來是四個，綁著馬尾的可愛女孩也被帶回。青少年毆鬥，店家立刻報警，警察趕到時，還沒有人可以把艾薇兒與短頭髮女生分開。

艾薇兒頭髮凌亂、衣服扣子掉了兩顆、吊帶褲一邊被扯斷，與之相對稱的是大腿處的吊帶襪也掉了一邊，絲襪處處破洞，雖然模樣狼狽，但看在我眼中，簡直是性感極了。

「不是跟你說我有『注視恐懼症』嗎？你為什麼還要一直盯著我看？」艾薇兒頭轉向一邊，連看都沒看我一眼冷冷地說。

「喔，對不起……」我趕緊把視線別開，這算是我們第一句真正的對話。不仰賴機械式鍵盤的第一次面對面溝通。

雖然視線沒對上，我還是試著打破僵局：「對不起喔，害妳跟那太妹打架……」

「沒關係，我本來今天晚上就想找人打架，才約你出來的。」

「什麼!?」我吃驚地轉頭看她。

「轉過去啦！白痴喔……」艾薇兒眼角白了我一眼。

「喔……」我像隻喪氣的狗，乖乖地轉過頭去，短頭髮女生的父母親都趕到了。

「淑君！淑君在哪？」前頭衝進來的一對公務員長相父母氣急敗壞地叫著自己

女兒，短頭髮女生默默站起來……我和艾薇兒不知道為什麼，同時噗哧笑出聲來。

並不是對菜市場名有意見，但在幹架之後知道對手的名字叫作「淑君」，實在是太有梗了。

「妳怎麼穿這副德性？還有，不是說要去試聽新班嗎？怎麼搞到警察打電話給我？」老爹氣得眼鏡架都在顫抖。「妳說，是不是別人找妳麻煩？是不是那邊那兩個不良少年？」老媽仔細檢查短頭髮女生身上臉上的擦傷，一邊急躁地咄咄逼問。

「沒有啦……媽～我們回去吧……」短頭髮女生像是鬥敗的公雞一樣，在父母的面前完全喪失了之前趾高氣昂的傲氣。

即使在這個節骨眼，馬尾女孩還是緊緊地握著短頭髮女孩的手，公務員雙親問：「她是誰？」

「只是班上同學啦～走了啦！」短頭髮女孩甩開馬尾女孩的手，不耐煩地說。

等到警察也問完我們這邊的筆錄後，這整件事情便無端地消失了。對方的父母不願意追究，說起來也沒什麼好追究的：先出手的是短頭髮的女孩。相對之下我們兩個在警察面前比較被當作成年人看待，只是警察對於艾薇兒的衣著很有意見。

「下次不要穿這樣到街上亂晃！」說著又瞄了艾薇兒的吊帶褲襪兩眼，黑色的絲襪破洞處、還有短裙底下的白晃大腿根部十分刺眼又養眼，紅色的指甲抓痕看得人眉心發癢。

「我好像在哪裡看過妳？」年輕警察狐疑地盯著艾薇兒的臉。

5

走出警察局時，已經是晚上十點多了，街上大多數的店家都已關門，彷彿設定好要清洗世界的滂沱大雨驟然落下，我們站在警察局的騎樓不知道要上哪去……我不敢轉頭看艾薇兒，我發現我好像真的喜歡上她了。

「喂！死阿宅，你有帶那四個什麼鬼鍵盤按鈕來嗎？」

「嗯，有啊……」我摸摸口袋，四個磨得光禿禿的鍵帽喀啦作響。

掏出四個鍵帽，遞給艾薇兒，我盡量不看她的臉，但手指碰觸到她的手掌時還是感覺有股電流掃過。我現在的模樣想必是「拙」到極點了。

艾薇兒在掌心細細地觀察那四個鍵帽，像是見到一件出土的古物般翻來覆去，檢視上面細微的刮痕，還拿起來就著騎樓的日光燈瞧了老半天……

「你說，這四顆按鍵原本是什麼字母啊？」

「W、A、S、D……」

「W、A、S、D……W、A、S、D……wasted……wasted time……好像Eagles 的老歌喔……你知道 Eagles 嗎？」

「不知道，我回去馬上 google。」

「不用了，連 Eagles 都不知道的人……算了，這四個按鍵磨得像鵝卵石一樣光滑，你可以告訴我為什麼只有這四個按鍵磨光嗎？」

「因為在遊戲裡，這四個按鍵代表『前、左、後、右』啊……」說著，我比了一下左手放在鍵盤上的姿勢。這個動作讓我自覺更是愚蠢到家了，想必現在的我，肯定是宅氣逼人。

「那要花多少時間，才能把按鍵上的字母磨掉？」

「唔……大概只要三四年吧？鍵盤大概買了四年多，什麼時候磨掉的我也沒注意到。」其實我撒了謊，這把鍵盤買了六年，我玩遊戲的資歷遠遠超過十年了……不知道為什麼我不敢說出實際的數字。

「依我看，你真是一個無可救藥的白痴。居然浪費了這麼多時間在這種事情上面……」艾薇兒抓起我的左手手掌，仔細地檢查指尖的指路，像是壓著小貓肉墊一樣確認每隻手指的彈性。

「哈，哈哈……」我像是被捏到笑穴一樣，只能吃吃傻笑到天荒地老。

「不過我也沒資格說你什麼。腦袋這種東西，一旦破了個洞，就很難補回來。」

「唔，什麼意思不太懂。」

「不懂就算了~也沒關係啦！」艾薇兒深深吸了一口氣，像是在心裡作了一個重要的決定。

「嗯……」我也不知道要接什麼，說真的長這麼大第一次跟女孩子單獨相處這麼久，腦袋有種飄飄然的感覺。

「喂，你要不要去吃東西？」艾薇兒突然伸手勾住我，胸部貼上了我的手臂。

我曾經在夢中、在潛意識中、在前世記憶中、在既視現象中、在自慰後的虛脫中預見過這一幕幻覺。這種違和的感覺，就是這個世界的破綻。

因為太美好、太詭異，太不真實了。

某個宇宙在大爆炸的瞬間向內塌陷，過度贅述會形成焦躁的星系，彼次碰撞一千萬次以後，大概也沒辦法產生一顆與地球相同的行星。

艾薇兒把四顆磨得光禿禿的鍵帽用力朝滂沱大雨的馬路中央扔出去，連落地的聲響都沒有發出立刻被大雨吞噬，我六年來的前進後退，實際上是不進也不退。

虛度光陰。

所有白晝裡亮著的燈、所有只夾著果醬的漢堡包、所有莫名其妙的挑釁與幹架、所有穿過一次就被撕破的黑絲襪、所有沒有意義的大雨與虛度的光陰，都是自己有意無意追求的損耗。

我突然決定，回家後要把 Eagles 的 mp3 通通下載回來，然後要成為可以挨得住任何攻擊的肉身；因為我的方向鍵已被丟棄在今日，即使要花上一輩子的時間，我也必須和艾薇兒繼續對峙下去。

6

房間裡，天花板上的日光燈管，閃了幾下之後熄滅了。

——本文榮獲二〇一四年台中文學獎短篇小說佳作

九歌文庫 1204

如何拍攝靜止的閃電

著者	陳榕笙
責任編輯	鍾欣純
創辦人	蔡文甫
發行人	蔡澤玉
出版發行	九歌出版社有限公司 台北市105八德路3段12巷57弄40號 電話／02-25776564・傳真／02-25789205 郵政劃撥／0112295-1
九歌文學網	www.chiuko.com.tw
印刷	晨捷印製股份有限公司
法律顧問	龍躍天律師・蕭雄淋律師・董安丹律師
初版	2015（民國104）年12月
定價	250元

書號	F1204
ISBN	978-986-450-029-1

（缺頁、破損或裝訂錯誤，請寄回本公司更換）

本書榮獲 NCAF 國藝會 贊助出版

國家圖書館出版品預行編目資料

如何拍攝靜止的閃電 / 陳榕笙著. -- 初版.
-- 臺北市 : 九歌, 民104.12
面； 公分. -- (九歌文庫 ; 1204）
ISBN 978-986-450-029-1（平裝）

857.63 104022720